本があって猫がいる

出久根達郎

晶文社

装幀　熊澤正人＋林陽子（POWERHOUSE）
装画　森　英二郎

本があって猫がいる

目次

第一部　常識と正義　9

古書

芸

ことば

第二部 灰とタンポポの綿 125

食

家族

猫

思い出

第一部

常識と正義

おお、戦前！　本を売れば家が買えた

私は一九四四（昭和十九）年生まれだから、「戦前」のことは知らない。けれども、古本屋であるから、古本で知っている。古本は正直であるから、なまじの体験より、時代の真を伝えている。

わざわざ古本、と断っているのは、のちの時代になって書かれた昔の話は嘘が多いからである。それは山本夏彦翁のおっしゃる通りである。

従って、たとえば昭和十年の世相を見たい時は、昭和十年に発行された雑誌を開けばよい。子どもの生活を調べるなら、児童雑誌だし、家庭全般なら主婦向け月刊誌である。風俗なら風俗誌、芸能なら芸能誌だ。

いや、雑誌の世界は、何でもありである。この世にある事物、事象について、それぞれ専門誌が出ている。蔵書票の面白さを説く『蔵票趣味』という隔月刊誌が昭和八年に創刊され、同年、『月刊トウ』という名の雑誌が登場、何の雑誌かと思いきや、電灯照明と読物の雑誌である。競馬誌の『ダービー』が昭和十一年に発刊され、昭和十三年、『たべある記』という食味探訪誌が世に出た。

これら雑誌名だけを眺めても、時代がわかる。昭和八年から十三年の、たかだか六年だが、蔵書票や照明、競馬や美食など、どれも「ゆとりある生活」を証明するものばかり、「まっ暗な時代」なんてとんでもない。

個々の雑誌を読むまでもない。雑誌年鑑を一覧すれば、すむ。誌名を拾うだけで、時代の雰囲気がよくわかる。

一国の文化や経済その他の充実度を知るには、婦人の地位や境遇を見れば一目瞭然、と言ったのは福沢諭吉だったと思うが、雑誌だって同様である。

では、昭和十六年版の『雑誌年鑑』で（この年鑑は昭和十四年版から刊行された）、前年にどれだけの種類の、いわゆる婦人誌（育児や料理、服飾誌を含む）が発行されたか、数えてみる。

『婦人倶楽部』『婦人公論』『婦人の友』『女性時代』『女性』『女性展望』『母の教室』『家庭周報』など、実に六十八誌である。

どの雑誌の記事からも、時代の空気を濃厚に読み取れるが、最も読者の多かった大正五年創刊の、『主婦之友』昭和七年四月号の目次を例に見てみる。

この年度のこの号を取り上げたのは、大した意味はない。一月に上海事変が起こり、三月一日、「満洲国」建国宣言。十八日、大阪でエプロン姿の国防婦人会が結成され、これは十二月十三日に全国組織の大日本国防婦人会に発展した。この年、パーマネントの機械がわが国に移入され、女性は「電髪」と呼ばれた新しい髪型に飛びついた。

子育て・副業・デパート食堂

東京市では、すべての生活必需品の物価が統制された。物資の需給が、バランスを欠き始めたためである。

そんなことで主婦の生活が、少しずつ変化してきた。変化のきざしを見るため、年度がわりの四月号を選んだのである。

時局記事は、「満蒙独立国と上海事件」「満蒙新国家の出生まで」（漫画）「上海事件の殊勲者爆弾三勇士の家庭弔問記」「戦死軍人の未亡人の告白」くらいなもので、あとはいわゆる主婦向けの実用記事。おもな項目を挙げてみる。

「若いお母様のための赤ちゃんの座談会」「子無き婦人が子宝を得る秘訣」「子供の育方と躾《しつけ》方《かた》問答」「婦人病の簡易療法の実験」「空缶の廃物利用法十五種」「キット儲かる副業の誌上展覧会」「すき毛なしの洋髪四種の結び方」「家庭料理の秘訣を語る座談会」「一皿五銭のお惣菜料理三十種」「五大デパートの食堂で大人気のおすしの拵方《こしらえかた》」

裁縫記事が無いのは、たぶん別冊付録に、「子供から大人までの和服物一切の仕立方」がつけられているかららしい。他に、大佛次郎、吉屋信子らの連載小説が八本と、読み切り戯曲一編がある。

読者から募集した手記は、先の「戦死軍人の未亡人の告白」と、もう一つ、「小学校教員の家計の実験」が特集されている。

地方教員と校長、それに東京と満洲の小学校教員の生活が、実に赤裸々なので、かいつまんで紹介しよう。戦前の小学校教員の給料額は、物価指数を見る際の参考となる。つまり、一般人の平均生活である。

昭和八年の物価指数が理想とされた、と夏彦翁は書いている。こちらは一年前のそれだが、七、八年ともほとんど同じといってよい。「昭和八年はよかったなあと官民ともに思った時代」（昭和二十年代の日本人がである）とは、こんな生活だった。

まず、月俸四十五円の新潟県の小学校教員の場合。夫婦に男の子二人の、四人生活である。買い物は、十二キロ離れた町まで、夫が月に一、二度、日曜日にでかけてすませる。

食費は七円五十銭、米と味噌代くらいで、野菜は村の人からもらう。

修養費が四円五十銭。『東京朝日』と地元紙、それに『主婦之友』、教育雑誌、子どもの読み物、参考書などを買う。被服費一円、交際費一円五十銭、主人の小遣い三円（煙草や酒はやらない）、旅費三円、雑費一円、医薬費五十銭、税金月割で一円、住居費が無いのは、村から貸与されているためである。

貯金は俸給より天引が四円、生命保険（一千円の養老保険に夫婦が入っている）に五円、簡易保険に一円、子どものための貯金二円、普通貯金十円、合計二十二円というから、給料の半分近くが残るという、うらやましい生活である。家族全員が健康であることが大きい。この一家は芝居や映画の娯楽と縁が無い。そのかわり四季おりおり自然に親しんでいる。

一方、東京の小学校教員はというと、こちらは俸給が七十五円なり。地方から上京し、夫は教職の傍ら、某大学に入学し勉強中である。子どもは三人、そこに親戚の学生が居候し、六人家族。この学生は食費として十五円入れている。他に夫の住宅手当が五円入り、合計九十五円の収入である。

支出は食費が二十六円二十銭。米は月に四斗。副食費は一日平均三十五銭と計算している。夫は酒・煙草をやらない。弁当持参。

住居は家賃が二十四円。六畳、四畳半に、二階が六畳ひと間の新築、眺めも日当りも申し分なし。被服費（洗濯代を含み）一円八十銭、光熱費が八円、交際費一円、夫の小遣いが三円、大きな出費は「教育図書費」でこれが十三円六十銭なり。夫の大学月謝と本代で十二円、残りが新聞雑誌代（『主婦之友』である）、そして雑費が二円四十銭で、貯金が十五円という。

賞与は年二回、八十余円だが、これは家計費に加えず、夫の洋服代、温泉に行く費用など、特別の出費に充て、残りは貯金に回す。従って、かなり優雅な生活を送っている。

なお、満洲の小学校教師は、昭和五年に内地より赴任し、夫が二十五歳、妻二十三歳、二歳の子と三人家族、収入は本俸六十一円に加俸六割五分、家族手当を入れて合計百三円十五銭である。賞与が年二回、三百円ほど。貯金が毎月五十五円という。この小学校は公立でなく南満洲鉄道株式会社の経営するもので、身分は満鉄の社員のようである。戦争を経て、一家は無事に帰国できたのだろうか。

もう一人の山本夏彦

阿部知二に、『冬の宿』という長篇がある。昭和十一年『文學界』に連載され、同年「第一書房」より刊行された。ベストセラーになり、映画にもなった。卒業目前の大学生が主人公で、当時流行のマルクス主義に同調せず、まじめに勉強に励む若者が、新しく移った下宿の主人一家に振り回される物語である。

主人なる男は地方の旧家の出だが、放蕩して身を持ちくずし、今は内閣調査局に勤めている。と吹聴しているが、実はそこの守衛である。飲んだくれで、乱暴で、嘘つきで女好き、バクチは打つ、借金はする、妻を殴る、理屈はこねる、ずるがしこく、それでいて人情家で、お人よしのところもある。

その妻はガチガチのクリスチャンで、おそろしくストイック、一家を維持するために、夜も寝ないで内職に励んでいる。

下宿人の「私」は、そんな夫婦をうとましく思い、反発しながら、次第に同情し、やがて憎めなくなる。最初は傍観者の立場をとっていたが、いつの間にか、異様な夫婦の日常に取り込まれている。夫婦は「時代」と考えてよい。この小説が書かれた時代である。

主人公は大学を卒業したら、中等学校の講師になるべく、就職活動を始める。彼の恋人は肺の病いで入院の末に死ぬ。彼の先生は、こんなことを言って慰めるのである。

「日本では今、百二三十万の（肺の）患者があり、一年に十二三万人死ぬ。これは医者の診断書にはっきりと書かれたものだけ。本当にはその倍も病人はあらうかも知れぬ。十五から三十までの若い者の死亡の半分以上はこの病気だ。小学校の先生は毎年五百人づつこれで死んでゐる（してみると先の小学校教員は、ほんのひと握りの、幸運な選ばれた先生ということになる）。それだのに、この日本のそれに対する施設など、とても腹が立つほど貧弱なんだ。その点では絶対的三流、四流国なんだ。――僕はね、こんな恐ろしい事実の中に、一人の人間の死の悲しみや、それについてのある特定の人間への恨みなどを解消させて、一つの普遍的な事実としてこの病気のことを考へようとしてゐるんだ。すると、悲しみの性質が、違つてくる。どちらも悲しいことは同じだが、普遍的な事実の方を、この際の僕は、高い悲しみだ、と思ふやうにしようと努めてゐるんだ。ごましをしようといふのぢやない。具体を抽象の中に流し込むのはインテリの悪癖かも知れぬが、この抽象の中をただうろつくのでなく抽象的に思惟の上に立つて、自分の全体を進めて行かうといふのは、難しいことだが、立派なことだ（略）」

肺病の話だが、時代の風潮のことと言い換えてもよいだろう。「些事を通して大事に至るよりほか、私は大事に至りようを知らないのである」という夏彦翁の言葉と通底するところがある。『冬の宿』の先生は、もう一人の山本夏彦と見ていい。

そういえば、この時代、山本夏彦は至るところにいた。『故旧忘れ得べき』の作者、高見順も、その一人である。昭和十年に発表されたこの長篇は、私立大学を卒業した主人公が、月給六十円の小出版社に勤める。郊外の一戸建て住宅に、母と妻の三人で住んでいる。昼食は会社の近くの食堂で、二十銭の定食（イカと里芋の甘煮に、タクアン、盛りのよい飯一杯）を取る。勤めだしてからは、総合雑誌『改造』の購読をやめ、『オール読物』を読むようになった。学生時分のように、「思索を続けることが不可能」になったからである。彼は四十銭の床屋に行く。そしてある日、妻に円形の禿を発見される。あわてて旧友が医師をしている大学病院に行く。

物語はそこから展開するのだが、昭和十年頃の酒場や女給、ルンペン、マネキンガール、マネキンクラブなどの実態が描かれている。

ルンペンといっても、正しくは「授職事業従業員」で、授職事業とは何かというと、知識階級の失業救済であり、高見順の説明によれば、こうである。

「それによつて日給最高一円五十銭、祭日、日曜は日給無しの仕事にありついたのが、その『従業員』、彼等は、そして、各官庁に割り当てられ、救済の為に特に作り出された仕事、云ひ換へれば、仕事の無いといふことがいはゞ仕事である。さうした仕事に従事させられた。松下は彼等智識的ルンペンの一人として、職業紹介所へ行かせられたのであるが、当時、後輩の大学生が路上で会つた彼に、勤め先はどちら？　仕事は？　と尋ねた所、彼は傲然と次の様に答へた由。失業者を救済しとるよ！　――豈計《あにはか》らんや、彼こそ救済されてゐたのである！」

十銭ハゲと思想の関係

このぐだぐだと止めどのない文章が、本作の特徴で、明快に容易に説明できない、というのが、言ってみれば作者の時代評なのであった。

頭にできた「十銭ハゲ」が、安価な床屋の不衛生からでなく、原因は不明だが、恐らく「時代」の重圧からだろうと想像がつく。生活の重圧ではない。主人公は時代の「思想」に、ひしゃげた。戦前はまっ暗な時代だった、と戦後、声高に決めつけた人は、若き日「十銭ハゲ」に悩んだ人たちに違いない。「思想」に重きを置く人は、「生活」に関心が無い。逆の人もいて、両者は常に対立する。

徳田秋声という作家がいる。尾崎紅葉の弟子だから、ずいぶん古い。『あらくれ』『爛』で評判を得たのは大正の初めであって、それからも、長短の小説を休みなく発表していたが、薄暗い作風のせいもあって、パッとしない。

昭和十年に、短篇「勲章」を発表した。これで、底光りのする存在感を示した。銀座の食堂で働いていたかな子は、時計の製造工場に勤める惣一と世帯を持つ。かな子

が内職をすれば、

「家庭デイの毎日曜でなくとも、二度や三度は映画を見たら、デパアトで買ひものがてら食堂へ入るぐらゐの享楽をしても、幾何《いくばく》かの郵便貯金をするのに十分な訳であつた」

「世帯の持ちたてには、彼は道具箱を持ち出して、荒神棚や棚板を架けたり、家から持つて来たラヂオを備へつけたりしてゐた。一緒に縁日へも出かけて植木の小鉢や虫を買つたり、表に錠をおろして映画を見に行つたこともあつた」

こんなしあわせも一カ月ほど、惣一は工場の仲間に誘われて、忘れていたバクチの味を思いだす。

「勲章」とは、惣一が満洲事変に一兵卒として従軍したごほうびの「白色桐葉章」で、惣一は兵事課に出頭してこれを受け取ると仲間を大勢呼んでお披露目をする。かな子は貯金しようと思って大事にしていた三十円を、饗応費に当てることになる。結婚って一体何だろう、と彼女は悲しくなる。

とまあ、こんな話だが（小説の要約くらい面白くないものはない）、工員夫婦の新婚生活の一端がのぞける。夫がバクチにうつつを抜かさなければ、そこそこ楽しい日常が送れたのだ。夏彦翁がおっしゃるように、決して悲惨な生活をしていたのではない。

「昭和五年はいわゆるエロ・グロ・ナンセンスの最後の時代だった」翁はそう記し、先の方で、「エロサービスというのはずいぶんなことを、店の主人に命じられて、または自ら進んでしたらしい。それが満洲事変以後しなくなった。またはすること少くなった」とあり、これは景気がよくなった小さなしるしだ、と書いている。

エロサービスは、カフェやバーの「女給」(客の接待、給仕をする)が行った。「ずいぶんなことを」しなくなった昭和十年の、東京は銀座と新宿の、とある店をのぞいてみる。客として観察するのでなく、女給の仲間になって、女給の内幕を探るのである。

月刊誌『話』十一月号に、B婦人記者の「女給に化け込んで一週間の体験記」という記事が載っている。副題にいわく、「男性の本当の姿を探る」。女給から見た男の本性という内容だが、視点を変えれば女給の生態に他ならない。女性記者による「化け込み探訪」は、明治時代から人気の企画だった。

さて記者は銀座の某店に応募し、面会を受ける。一人では心細いので、『話』の編集者(男)に付き添ってもらう(夫という触れ込みである)。三十前後の男前の試験係が、ぶっきら棒に顎をしゃくりながら、「本籍は?」「名前は?」「生年月日は?」と連発する。記者はあらかじめ考えておいた「明治四十五年六月八日」と、よどみなく答える。「数え年でいくつ?」と畳みかけてきた。「二十五」と答えると、男が冷笑を浮かべ、「本当の年は幾つだ? 私は何十人もの女に面接しているから、嘘をついてもすぐわかる」と言う。明治四十五年生まれの数え年は、二十三歳である。このあと学歴、家庭の事情、前職を細かく聞かれた。そして次の部屋に行け、と指示された。そこには人のよさそうなオッサンがいて、記者の着物の柄を聞かれた。不断着か、と言うので、一張羅だと答えると、その着物で店に出るんだね、よろしい、とうなずいた。翌日、採用の通知がきたが、身の上がバレそうで行くのをやめた。

勤めたのは、「銀座会館」である。女給主任の女性がいて、親切に要領を教えてくれる。着物は派手でなくてはいけない、黒は厳禁、店に出入りの呉服屋は高いから、デパートで買うこと、帰る時は同じ道筋の仲間四、五人と一緒の車を使えば、一人前二十銭か二十五銭ですむ、お客にどんないやなことを言われたりされても、喧嘩をしたらだめ、絶対女給の負けになる、黙ってその場を離れるしかない、客に誘われたら、私は入店したばかりで毎晩遅くなるし、午後も早出なので誰か古い人におっしゃって下さい、暇ができるようになったらお供します、と言うこと。「銀座会館」は銀座で一番はやっている。入店初日、記者は三円のチップの分け前をもらった。

そして、新宿に鞍替えする。

「新宿の三越裏と云へば、エロサービスの大盤振舞とチップの強要とで、お客泣かせ（?）のコワイ所だと聞いてゐるので、こんな中では割合上品だと云ふXカフエーにこわぐ〳〵飛び込む」

「エロサービス」という言葉が出てきた。この頃の流行語（?）らしい。夏彦翁はこれを覚えていたのだ。

銀座でしばらく働いていた、とマダムに話したら、今晩からお願いしたい、と頼まれた。

ビールにポークソーテーに

店の壁には、俗っぽい果物の油絵がかかり、椅子やテーブルは、けばけばしい。隅の蓄音機から流行歌が流れる。客が一人入ってくる。女たちが寄っていく。カクテルを奢《おご》って、とねだる。この店は売上げの歩合を一割もらえる。そのため女たちは、飲みたくもない酒を争って飲み、食べたくもない食事を注文する。こんな工合である。

「あたしはそれにポークソーテー食べたいわ。それから皆に（ムニヤムニヤムニヤ、と何やら料理の名を並べる）。きみ子さんにも（記者の源氏名である）顔つなぎに何か御馳走してあげなさい。カクテルとチキンサラダになさいよ。きみ子さんすまないけど、ジンカク三杯、ビールのお代り、ポークソーテー二つに、カツ一つ、チキンサラダ、それに卉スキーの罏と。それだけ通して来て頂戴な」

この客はどの位使わせても平気か、と即座に見分けるのがあたし達の商売、と女の一人が打ち明ける。一時間ほどして客は引き揚げたが、勘定は十四円なにがしに給仕料一円四十何銭、それにチップ二円。

「舐《な》められにカフエーに来るやうなものだ」

お客の膝に乗るのや、吸付け煙草はサービスの中に入らない。とてもひどいサービスをしなきゃ、やっていけないとあるが、具体例は無い。

「村カク」

三年後の銀座には、いわゆるストリート・ガールがたくさんいた、と劇作家・演出家・エッセイストの高田保《たかだたもつ》が、月刊誌『新青年』昭和十三年九月号の「涼宵持寄綺談会」で語っている。花を持っていて、「花はいりませんか」と客を引く。「引っぱり女給」という手合いもいる。「飲みませんか?」と男を誘う。男の帽子を取って、この帽子ならいくら位持っている、と値踏みする。どこに行くか、大体、三種くらい行先を決めている。おでん屋はここ、カフェーならあそこ、ちょいと一杯ならこっちと、客の要望に添った店に連れていく。

カフェーに植木鉢が置いてあるのは、女給が客にわからないように、植木に「酒を飲ませる」ためである。女給が飲むカクテルは「村山カクテル」、略して「村カク」という。村山貯水池の村山で、すなわち水道水のこと。

客に五円以内を飲ませれば二割、五円以上は二割五分、十円以上だと三割を店からもらう。

さんざ使わせて、さて客と別れるわけだが、客は酔っている、また女に気があるので素直に別れない。そこでウッチャリを食わせる。

タクシーを止め、男を先に乗せ、バタンとドアを閉め、「またね」。男は運転手の手前、約束が違うと言えない。

どうしても乗せられそうになると、急に無言になり歩きだす。どうした？　と男が追う。「デカが来るのよ。知らん顔していらっしゃいね」とどこまでも歩く。客もこわいから黙って女に従う。適当な所まで来て、「何だか今日は胸騒ぎがするから」とか何とかうまいことを言って、つっぱなしてしまう。

「タキシー」と夏彦翁は書く。口でもそう言っていた。

「タキシーは『円タク』といって市内一円（ただし当時東京は十五区）だったのが五十銭で、甚しきは三十銭で乗れる時代だった」

菊池寛の『三家庭』は昭和八年の新聞連載小説で、書き出しが、この円タクである。運転手の視線で物語が始まる。

「新宿まで客を送って、チラツと見た駅の時計が、丁度十時だつた。こゝはまだ火の海、人の海、騒音の渦巻。十一月末の夜空は青暗く、星を散らして、この二、三日、寒さがさえて、ハンドルを握る指先に、しんと冷たさがしみ込んでいた。露店の並ぶ街に、やたらに続く燈の数。紅に、黄に、緑に、薄紫にと、色とりぐのネオンのスカイサイン。後や先に、ギツシリつまつた自動車……」

男女二人連れの客を見つけて、拾う。「ありがたし、互いの話に笑い興じながら、行方も値も定めず、無造作に乗ってくれた鷹揚な客」、しばらくして女が行先を告げ、男がいくらだい？　と聞く。一円と言いたいところを、八十銭で参りましょうと答える。女が「丁度にしてあげるわね」と言う。

帰途、早稲田辺で女客を拾う。行先は本郷の弥生町である。女は下車する際、「『御苦労さま。六十銭あげればいゝでしょう』と、話の分つた料金のくれ方だつた」

金持ちは料金を値切らないからいい、とホクホクしながら走らせていると、うっかり三十二年のシボレーにぶつけてしまう。

「とうく相手の運転手に二円の損害賠償を取られて、二人の女性からもらつた料金は、フイになつてしまつた」

戦前の都会の風俗を見るには、菊池寛の新聞小説がうってつけである。

住宅は、どうであったろう。大正十二年の関東大震災後、サラリーマン向けの分譲住宅が東京のあちこちにできた。和洋折衷型のマイホームである。昭和二年頃、中堅サラリーマンの年収、約二年分で、十八坪ほどの新築住宅が購入できたという。

本を売って家が買えた時代

その頃書かれたユーモア作家佐々木邦《くに》の短篇に、『文化住宅』がある。当時、サラリーマン向けの分譲住宅は、この名称で呼ばれた。邦の文章によれば、

「元来の非文化的性格が祟つていまや血路はバラック式の文化住宅に求める外仕方がなくなつた」

文化住宅は美称にあらず、一種の蔑称のようである。小説の登場人物は、どうやら私立大学の先生のようだが、自分が辞書を作るなら、文化住宅を「西洋掘っ立て小屋」と訳す、と言っている。

主人公はその同僚で四十五歳、四人の子がいる。

「今住んでゐる家を地所の権利ぐるみ一万円に売つて郊外へ坪二十五円の地面を百五十坪買へば、数学に真理の存する限り、六千二百五十円残る。新築は文化式でも余りケバくしくない奴にして坪当り百二十円と見る。四十坪の四千八百円……四十五坪の五千四百円……五十坪でも六千円……と設計図を幾通りも拵へて、予算は数年来細君との間に円熟してゐた」

千八百円で建てて十何年か住み古した家を一万円で売ろうとするのだが、うまくいかない。土地を買うのでなく借りたらどうか、という話になる。買うなら調布や洗足方面だが、借りるなら荻窪や高円寺方面である。どちらも学校まで電車で一時間ほどだ。調布方面では、二百坪の土地が毎月五十円の十年月賦で買える。月五十円は家賃としても安い。

一方、荻窪方面では、坪四銭で三四百坪から五六百坪を貸してくれる。主人公は日曜日に下見に行く。彼の同僚が何人か、こちらに土地を借り住宅を建てて住んでいる。荻窪駅から歩いて十分、同僚の案内で近所を見て回る。

「『この辺の文化式も貸家かね?』『然《そ》うさ（略）』『市内よりもこんな田舎の方が西洋化してゐるのは妙な現象だね』『要するに文化式は安く上つて体裁が好いからさ。流行といふよりは窮策だよ』

『お互ひ向きか？　松や杉が多くて好いところだね。この辺には未だ貸地はないかい？』『ポツくある』」

人気のせいで賃料は見るまに上がり、今は、

「何処も坪十銭で駅から先づ十分か約十分か急げば十分だつた。何《ど》の十分かに取り定めるまでには細君が検分に来なければならない」

とこんな小説だが、教員たちがマイホームを確保するため、やりくり算段する話が出てくる。中の一人が、君は蔵書家だから、本を売ればいい、と助言する。置き場に困って家を二軒借りているほどだし、本を処分すれば住宅取得費に当てられるだろう。

すると、蔵書家の同僚が、こう答えるのである。

「本さへ売れば何うにかなりさうだが、本を手元に置きたいばかりに家を建てようといふんだから、それを売つてしまつたんぢや元来の趣意がなくなつてしまふ。宜《い》いかい？　本を持つてゐれば何うしても相応の家が要る。然うかといつてその家の工面をする為めに本売つたんぢや入れるものがなくなるから今更建てるにも及ばない。変だよ、こいつは、余つ程。ヂレンマだね。考へれば考へるほど分らなくなる」

なるほど、確かにその通りである。

しかし、古本屋の私が驚くのは、「本さへ売れば何うにかなりさうだが」という言葉である。古本を処分して住宅を確保する。現代では夢にも考えられない話である。家二軒分

の量があったところで、また、その大半がいわゆる珍本だとしても、蔵書がマイホームに化けることは絶対にあり得ない。

ところが、昭和の初め頃は、あり得たのである。小説の世界、と鼻で笑ってはいけない。全くのデタラメであったなら、読者は読まない。自分たちの日常生活が、ありのまま、やや皮肉で知的な言いまわしによって描かれたので、佐々木邦の小説は、「日本のマーク・トゥエーン」とはやされ愛読されたのである。

当時は古本の金銭価値が、意想外に高かったのだ。この一事だけを以てしても、「戦前」という時代は、何と明るく、暮らしよい時代であったろう。何より本好きには、夢のような時代である。


『WiLL』7月号別冊 SUMMER №2 二〇〇九年

司馬文学の魅力――古書が友だち

東大阪市の「司馬遼太郎記念館」に足を運んだ人は、例外なく肝をつぶされたと思うが、建物内部の壁面を埋めつくす本のすさまじい量である。古本屋の筆者が息をのんだくらいだから、並大抵の数ではない。司馬さんが生前に目を通されたものが展示されている。この本の山こそが、司馬文学の魅力の源といってよい。

図書館と古本屋が自分の学校だった、と司馬さんは述べている。事実、年譜を見ると、小学校時代に学校ぎらいとなり、中学生時代は、ほとんど図書館に入りびたりの様子で、図書館とのつきあいは学徒出陣をする日まで続いている。古本屋にも出入りしていたろうが、こちらとの本格的な親交は、戦後、新聞記者になってからではあるまいか。何しろ、元手がいる。その意味では、作家デビュー後が、真の「古本屋大学」生活だろう。

大作『坂の上の雲』執筆前、東京中の古本屋から、日露戦争関係の本が、一冊残らず姿を消した。司馬さんが買い占めたのである。それらはトラックに満載され、司馬宅に運ばれた。司馬さんは一冊ずつ吟味した。『坂の上の雲』を連載中、資料はご自身が目を通されたのですか、と質問されたらしい。何名もの助手を雇って調査させ、その上で執筆しているる、と疑われたのである。取材というものは自分の勉強であって、人を頼むものではない。いささか憮然たる口調で、『坂の上の雲』のあとがきに記している。本好きの司馬さんに、つまらぬ質問をしたものである。

司馬文学は、「人間通の文学」といわれる。あらゆるタイプの人間が登場し、さまざまな人生諸相を見せる。かつ、それぞれに独特の処世訓を語らせる。

司馬さんはどこでこれらの人間と出会ったか。書物である。大半は、古書であろう。本の中の、故人である。何億、何十億人もの過去の人の声を、司馬さんは本で聞き、心に感じ入った人物を取りあげ、現代人向きに変型し、肉声で私どもに紹介した。それが司馬文学というものである。こんなことを言うと誤解を受けそうだが、司馬さんは「生身」の人間は、お好きでなかったのではあるまいか。故人だけが信頼できた。心置きなく話せた。山内一豊も、一豊夫人の千代も、坂本竜馬も、西郷どんも、正岡子規も、項羽も劉邦も、みんな友だちだった。彼らはね、こういう人で、こんな信念を持ち、こんな風に一所懸命に生きたのだよ。司馬さんの講釈は、楽しい。歴史上の人物が、実際よりも魅力的に紹介される。司馬さんの話術の巧みさによる。登場人物はしばしば名言を吐くが、これは紹介者の創作による代弁である。それだけ司馬さんは故人に、ほれこんでいた。

そういえば、代表作の『竜馬がゆく』に、こんな言葉が出てくる。「惚れずに物事ができるか」。竜馬が恋人おりょうのことを人に問われて答えたセリフだが、司馬さんはこう続ける。

「物事に惚れるような体質でなければ世上万般のことは成りがたいと竜馬はいうのである」。この説明が司馬さんの持ち味であって、読者の私たちを酔わせる話術の一つである。「男とはむずかしいものだな」と言ったあとで、親友同士なら腹を割って話せば、意見が合うはずだが、必ずしもそうではない、と続ける。まず短い気のきいたフレーズがあって、次にフレーズの本質を解き明かす。

司馬作品は、名文句に満ちている。これらを拾いだし、ノートに書き写せば、何百冊もの「司馬文学決めゼリフ集」、あるいは「名言・処世訓集」ができあがる。司馬遼太郎という人は古人の偉大な語り部であり、書物そのものなのである。膨大な古書の山が司馬さんで、されば記念館の蔵書は司馬さんその人なのだ。亡くなって十年（一九九六年死去）というが、健在であり、いよいよお元気である。

『読売新聞』二〇〇六年二月二十一日

丸くふくよかな

石原裕次郎や吉永小百合がわがアイドルになる以前、私は顔も知らないアイドルに夢中だった。

小学校高学年の頃の私は、漫画家志望であったから、私のアイドルといえば、漫画の主人公であり、好きな漫画の作者であった。

『サボテン君』であり、作者の手塚治虫である。『少年児雷也《じらいや》』であり、作者の杉浦茂《すぎうらしげる》である。『ポストくん』であり、作者の馬場のぼるである。昭和二十九、三十年の時代である。

そのうち、もっと大好きな漫画が現れた。雑誌『少年』に連載された『どんぐり天狗』である。正義の剣士、白覆面に白装束の「どんぐり天狗」は、常に白馬に乗って登場する。「笑い仮面」だの「鬼百合党」だのの悪人を、次々とやっつける。「ギンナン」少年や、少女の「アケビ」が活躍する。悪人以外は、皆、大福のようなまん丸い顔で、体つきも丸まっちい。「どんぐり天狗」は「の」の字の目玉をしている。

作者は、「うしおそうじ」。私が初めて目にした時、「うしお・そうじ」と表記されていたので、うしおという人と、そうじという名の人の合作と早合点した。そのうち、同一人の名とわかったが、どんな漢字を当てるのか、見当つかない。

うしおそうじ氏の作品は、ストーリーが面白く、ほのぼのとした味わいがあった。総体にのどかで、殺伐なところがない。女の子に、得もいえぬ色気が感じられた（私はこういう方面には早熟であったのである）。

私はうしお氏に、ファンレターを書いた。「アケビ」ちゃんの言動が幼なすぎる、と生意気なことを書いたのである。返事はなかった。人気作家だから当然、と当てにもしていなかったのである（その前に手塚氏にも出していた。こちらも返事はなかった）。うしお氏は他の雑誌に『朱房《しゆぶさ》の小天狗《こてんぐ》』という捕物漫画を連載していて、こちらにも私は夢中だった。

三十数年、たった。新聞の広告で、うしおそうじの名を見つけた。『昭和漫画雑記帖』という著書の広告だった。ご健在だったのである。早速、購入し、一読した。そして、かつてのわがアイドルの経歴を知って、驚いたのである。うしお氏は根っからの漫画家でなく、昭和十四年に東宝撮影所に入社し、特殊技術課で働き、あの「ゴジラ」の生みの親、円谷英二《つぶらやえいじ》にかわいがられていたのである。昭和二十三年の東宝争議で退社、しばらく雑誌のイラストを描いていたが、子ども漫画に挑戦した。売り込みは成功した。ペンネームをと言われて、「牛歩でやっていこう」そういうつもりから、牛尾走児という筆名を考えた。漢字で記すと堅苦しいので、仮名にしたわけだ。

三十数年ぶりに読むうしお氏の新著を、私は以上の思い出をまじえて、図書館向け雑誌に紹介した。すると、思いがけなく、うしお氏ご本人から手紙をちょうだいした。小学生の私のファンレターに返事をさしあげず、大変失礼した、お許し下さい、とつづられ、最近は映画界の回顧、また円谷英二の伝記執筆に専念している、とあった。

文通が始まった。うしお氏は漫画から映像業界に転進し、自ら製作会社を起こし、「マグマ大使」や「快傑ライオン丸」などのテレビ映画を世に送りだしたのであった。

手塚治虫との交遊録を書き残しておきたい、とおっしゃった。一度会いませんか、と誘われたが、人見知りの強い私はしりごみした。うしお氏はそこで近影を送って下さった。あの「どんぐり天狗」「ギンナン」そっくりの、丸くふくよかな優しいお顔のかたであった。二〇〇四年三月二十八日急逝、八十二歳だった。

『小説新潮』二〇〇九年四月号

のたり仙人　井原修氏のこと

古本屋は、昔から霞を食らって生きている。裏町の仙人である。大もうけできる商売ではない。霞の好きな者だけが、この業を志すのである。

井原さんは、根っからの業界人ではない。古書が好きで、古書界にあこがれた人だが、まさか、霞を食らう世界とは思わなかったろう。私が、悪いのである。井原さんが古本屋になりたい、と言ってきた時、それはいい、大いにおやんなさい、とけしかけたのだ。

昭和五十七年の暮れではなかったか。当時は、わりあいに景気がよかった。古書も売れていた。古本屋が霞以外の物を食べられた、よき時代であった。だから、古本屋志望の井原さんを激励し、夢みたいな話を並べてあおったのである。今考えると、ずいぶんな罪作りをしたと思う。私自身が浮かれていて、先の見通しが立たなかった。バラ色の商況が、永遠に続くものと考えていた。

井原さんは私の言うことを信じ、開業した。藤吾堂裏町文庫という店名に決めました、と報告してきた。古本屋らしい屋号だ、ともろ手を上げて賛成したのは、なんだ、井原さんはこの業が仙人のそれだと、とうにご存じなんだ、と思ったからである。裏町の仙人の書店、という意味を持たせて命名した、と受け取ったのだ。

翌年の三月、開業して、一日に一万円売れている、と聞いた時、ああよかった、と安堵し、一日一万五千円をめざすようにハッパをかけた。世は次第にバブル景気に向かいつつあった。普通の人の、百人のうち九十人が、自分たちの生活水準は、中流である、と答えていた。主婦たちの二人に一人が、働いていた。

井原さんの店では、映画のパンフレットやポスター、『キネマ旬報』や『美術手帖』、『カーグラフィック』などという雑誌が、飛ぶように売れていた。あんまり売れすぎて、井原さん夫婦は過労から倒れてしまった。

今考えると、夢のような話である。いや、夢だったのだ。あの頃、全国の古本屋が、ほんのいっとき、いい夢を見たのである。

いいことは続かぬ。バブルがはじけて、世の中が少しずつ薄暗くなっていった。そして、今は全くの暗闇である。古本屋は昔のように霞を食らっている。そのうち霞さえ手に入らなくなるかも知れぬ。皆で食いあっているのだから。仙人を廃業する仲間も、出始めた。

井原さんは、やめない。ホンモノの仙人になる、と宣言している。今更、私が何を言えよう。私はもうずっと先、仙人をやめてしまったのである。リタイヤした者に、とやこう言う権利は無い。私は自分を責めるのみである。

ただ一つ、井原さんに願いたいことは、健康で長生きしてほしい。それでこそ、仙人である。

井原さんがつづるエッセイは、俗世間の生臭さに満ちているが、時々、ヒヤリ、とする描写が、前触れもなく登場する。無意識に書きつけたと思われるが、ヒヤリの呼吸は、俳句に通じる。井原さんは本質的に詩人であり、俳句こそ仙人にふさわしい言語でないか、と私は思っている。されば、井原さんには、俗人の言語を用いる文章より、仙境の十七文字で、仙界の醍醐味を報告してほしい、と願っている。

見よ、これが俗界の井原仙人の自画像である。

春の蠅男のたりと寝がえりぬ　　修

どのような苦界に在っても、「のたり」と寝返りできる。これぞ、正真の仙人である。

井原修『裏町談義』序文　二〇一一年十一月十五日

「小説よりも面白い」時刻表

『JTB時刻表』二〇〇九年五月号を楽しんでいる。一〇〇〇号記念号である。一九二五（大正十四）年四月創刊以来、八十四年続いた。これは偉大な記録である。

定価一一五〇円。本文が一一五二ページだから、一ページ一円である。更に「おまけ」として特集が二四ページある。また、昭和二十一年二号の「全国鉄道線路図」復刻が、付録についている。本誌は週刊誌大で、重量、約一キログラム、旅のカバンに忍ばせるには重すぎる。むろん、持ち運びはしない。新聞紙にくるんだうえ油紙で梱包して保存するのである。

少なくとも、四、五十年間、保存する。一五〇〇号が出る頃には、古本屋で定価のン十倍で売られているだろう。

使い終った時刻表は、捨ててしまう人が大半だが、だから古本の値がつくわけだ。一九八〇年代のもので千円ほど、七〇年代のものが二、三千円、六〇年代は四千円くらい、五〇年代ともなれば六千円前後はする。そして戦前の時刻表となると、一万円以上、古ければ古いものほど高価である。『JTB時刻表』の創刊号は、古本でも見たことがない（復刻はある）。月刊の時刻表は明治二十七年が最初という。これなどは「幻」といっていいだろう。

それでも戦前の時刻表が古本屋に時々出るのは、当時これを使用するのは、富裕層か大きな商家に限られており、そういう人たちは時刻表を保管する場所があったのである。そして時刻表に古本価値が生まれたのは、戦後これの愛好者がにわかに増えたからでる。『JTB時刻表』が最大の発行数、約二百万部を記録したのは一九八六年というから、愛好者の数もこの頃がピークであろう。古本の時刻表も、大いに売れたのである。

では、古い時刻表の何が、人々を魅きつけたのか。いわば時刻表の楽しみ方である。それは、月刊誌『旅』の昭和三十二年二月号から、翌年一月号に連載された、松本清張の推理小説「点と線」が教えてくれる。

作中の人物（病人）が、こうつづっている。「時刻表には日本中の駅名がついているが、その一つ一つを読んでいると、その土地の風景までが私には想像されるのである」

たとえば、新庄《しんじょう》、升形《ますかた》、津谷《つや》、古口《ふるくち》、高屋《たかや》、狩川《かりかわ》、余目《あまるめ》、という東北のある支線駅名を目で追いながら、「余目という文字から灰色の空におおわれた荒涼たる東北の町を想像するのである」

「……つぎに時間の世界に私の空想は発展した。たとえば、私はふと自分の時計を見る。午後一時三十六分である。私は時刻表を繰り、十三時三十六分の数字のついた駅名を探す。すると越後線の関屋《せきや》という駅に122列車が到着しているのである」鹿児島本線の阿久根《あくね》にも、山陽線の藤生《ふじゆう》にも、常磐線の草野《くさの》、関西本線の王寺《おうじ》、他・同時刻にそれぞれ汽車が着いている。たくさんの人が乗降している様子を想像する。そこから、この時刻には各線のどの駅で汽車がすれ違っているか、を発見する。「汽車の交差は時間的に必然だが、乗っている人びとの空間の行動の交差は偶然である。私は、今の瞬間に、展《ひろ》がっているさまざまな土地の、行きずりの人生をはてしなく空想することができる」

そして作中人物は、こう言うのである。

「仮名のない文字と、数字の充満した時刻表は、このごろの私の、ちょっとした愛読書になっている」

無味乾燥な横組の数字の羅列が、いかなる小説よりも面白い、と力説する。これが時刻表の魅力、と書いた松本清張は、時刻表を謎ときの重要な小道具に使って成功した最初の推理作家でもある。東京駅の十三番ホームから、十五番ホームが見通せる（つまり十三番ホームと十四番ホームに電車が入っていない）、ある時間帯のほんの数分を利用してのトリックといい、連載時の実際のダイヤを用いての小説は臨場感があり、大いに読者を興奮させた。単行本はベストセラーになり、清張はいちやく時の人と化した。

わが国で鉄道が開通したのは明治五年九月で、新橋・横浜間が最初である。むろん、時刻表（一枚もの）も同時に作られ、市販された。新橋駅からは朝の八時（八字と表示）より九、十、十一時、午後二、三、四、五、六時と、一日九回発車し、終点横浜にそれぞれ五十三分に着いた。乗車料金は上等が一両二朱、中等が三分、下等が一分二朱であった。子どもは四歳まで無料、十二歳までは半額、犬は一匹二十五銭である。明治六年には新橋から午後三時の汽車に乗った男が、窓から小便をし、「鉄道犯罪罰例」により、罰金十円を科せられた。この金額は上等料金の、およそ十倍に当る。

鉄道は次々と敷設《ふせつ》され、私鉄も加わり、明治二十七年には冊子の月刊の時刻表が登場した。明治四十年頃には、あちこちの出版社が発行した。この頃はどんな風に利用されていたのだろう？　汽車の旅で始まる夏目漱石の「三四郎」を調べてみた。ところが時刻表の記述は見当らない。

大正三年に執筆された「こころ」で見つけた。父の看病で帰省していた「私」が、先生から長い手紙をもらう。自殺をほのめかした手紙である。「私」は上京を決意する。「私は又病室を退ぞいて自分の部屋に帰つた。其所で時計を見ながら、汽車の発着表を調べた」とある。

漱石は明治四十二年、満洲に旅行をしている。満鉄総裁の招待だから、南満鉄道に乗っている。そこで紀行文「満韓ところ〴〵」を繰ってみたら、「余は凡てのプログラムを橋本に委任してぶら〳〵してゐた」とあり、日程その他、旧友まかせの大名旅行である。「橋本は汽車の時間表を見たり、宿泊地の里程を計算したり」忙しい。総裁が個室つきの汽車を手配してくれる。専有のトイレ、洗面所、化粧室が備わった部屋で、「汽車が動き出してから、橋本が時間表を眺めながら、おい此《この》部屋は上等切符を買つた上に、外に二十五弗《ドル》払はなければ這入《はい》れない所だよと云つた。成程表にちやんとさう書いてある」漱石も「時刻表」をのぞいたわけである。

漱石の「三四郎」に触発されて、森鷗外が執筆した「青年」（明治四十三、四年作）に、主人公が駅前旅館で見知らぬ娘と同宿するシーンがある（「三四郎」の冒頭のシーンと設定が全く似ている）。娘が問う。東京に行くのだが、上りの一番は何時に出るかわかりますか？

主人公は娘の方を見ないで答える。カバンに『旅行案内』が入っているから見てあげましょうか。いえ、結構、と娘が笑声をもらす。

この『旅行案内』が、現今の時刻表である。正しくは、『汽車汽船旅行案内』『鉄道汽船旅行案内』などと、名称は出版社によって異なる。

昭和八年に創刊された娯楽月刊誌『話』（文藝春秋社）の巻末には、毎号「鉄道省校閲改正全国主要列車時刻表」がついている。しかし、それも十四年には廃止された。前年に国家総動員法が公布され、世は戦時体制である。掲載を自粛したのだろう。議場で総動員法の必要を説く佐藤賢了中佐に、代議士から、軍部は政治に介入するな、とヤジが飛んだ。一番痛烈なヤジに、佐藤が「黙れ！」と一喝した。いわゆる「黙れ事件」である。ヤジの主が宮脇長吉。この息子が俊三で、後年、『時刻表2万キロ』のベストセラーを放つ。宮脇氏いわく、時刻表の愛読者は実際の旅行はしないで、誌上で楽しむのである。

誌上で楽しむ、といえば、昭和二十六年から八年まで『小説新潮』に掲載された、内田百閒の「阿房列車」シリーズがある。この紀行は、「ヒマラヤ山系」こと平山三郎という弟子と一緒に、北海道をのぞく各地を汽車で行く、いわば現代版の弥次喜多道中記だが、平山氏は当時の国鉄職員だから、旅行のお膳立てはこの人の役、漱石における橋本氏というわけだ。従って汽車は登場しても時刻表の記述はあるまい、と早合点していたら、案に相違した。百閒先生は、猛烈な時刻表の愛読者であった。

「それからは毎晩、お膳の後で汽車の時刻表を眺めて夜を更かした。眺めると云ふより読み耽るのである（略）急行列車等の時間の工合が大体戦前の鉄道全盛当時に近くなつて居り、くしやくしやに詰まつた時刻時刻の数字を見てゐるだけで感興が尽きない」

昭和二十八年の暮れ、百閒は房総半島汽車の旅をしている。総武本線で銚子に行き、成田線で千葉に戻り、更に房総西線で安房鴨川に足をのばし、東線で千葉に帰る、というコースである。成田線は、私がこの六年後、上京する際に利用した線である。佐原駅から乗車し、千葉まで普通で一時間十七分前後、準急で一時間三分である。百閒は沿線の風景をこう記している。

「知らない所ばかり通るのだから、珍らしい筈だが、余り目先は変らない。車窓の右に水郷の景色を眺めた位のものである」

私は景色を全く覚えていない。佐原から一緒に乗り込んだ、上野の葉茶屋さんの女主人と相席になった。女主人は私と同じ中卒の少年を連れていた。新しい雇人を迎えに来たのである。私が一人で古書店に奉公に行く、と話すと、まあ、偉いねえ、と大仰にほめた。女主人の隣の少年が、頰を赤くして目をそらせた。

千葉で乗り換えた記憶がないから、両国まで直通の準急「総武1号」だったかも知れない。これだと佐原駅午前十時五十六分発である。両国駅で女主人たちと別れた。「辛いことがあったら、うちに電話をなさいな」と女主人が言い、「これを」とす早く、私の掌に、小さく折り畳んだ物をつかませた。ホームの階段を下りながら、そっと紙を開いてみたら、葉茶屋の電話番号が記してあった。私は小遣いをくれたのかと思ったのである。

古本屋に勤めてまもなく、店に古い時刻表が売られているのを見つけた。こんなものが売れるのだろうか、と冗談のように思えた。しかしそれが実際に売れた時、古本屋という商売そのものが、不可思議なことに思えてならなかった。時刻表を愛読する心理を、一般には理解しがたいのと、同じことだろうと思う。

『yom yom』二〇〇九年七月号

先人の知恵に学ぶ

百年に一度の大不況だそうである。ということは、一生に一度遭遇するか否か、の大事変、これを不運と受け取るか、好機ととらえるか、人それぞれだろう。

あわてふためいたり、嘆いても始まらぬ。どのように向きあうか、まずは先人の声に耳を傾けてみる。過去で最も近い大不況は、関東大震災後から始まり、昭和二年の金融恐慌、そして世界恐慌と続く一九三〇年代前半のそれだろう。

この頃、大ベストセラーになった本がある。春秋社刊『貨殖全集』全十四巻である。

この全集、谷孫六なる者が一人で書いた。谷は岡辰という老人を主人公にして、金儲けの手引書を書き、評判になった。次から次へと書きまくり、いずれも大いに売れた。先の全集は、数多い著作の中の一部なのである。

谷は、言う。人から借りて、返さなくともよい物がある。借りっぱなしで、そこから生まれる利益は、ことごとく自分の財産になる。それは何か?　「知恵」である。先人の知恵を利用しない手はない、と言うのである。

広大な竹林を、金をかけずに畠に変えられまいか、と頼まれた。一年の猶予がもらえるなら、と頼まれた人は条件をつけた。構わぬ、と言う。すべてを任されたその人がまずやったことは、春先、竹林に生えた筍を無料で人々に掘らせたことである。至る所にあいた穴に、自然薯を植えさせた。次に竹を伐採し、はげ山にした。秋になると自然薯を、これまた無料で掘らせた。自然薯は深く掘らぬと収穫できない。かくて竹林は、たくさんの人の手で、労せずして掘り返された。竹の根っこも燃料として、掘った者の物にさせた。

この知恵者は、二宮金次郎だ、と谷は紹介する。そうだ、まさに今の世に必要な指導者は、二宮金次郎ではあるまいか。

だって、質素、倹約、勤勉、殖産、実行主義の偉人である。六百数十もの町おこし、村おこしを成功させた。「柴刈り縄ないワラジを作った人ではありませんか?」と言うかたがいたけれど、違う。

荒れ果てた町村を復興する最初は、氏神や寺を修理するのが金次郎のやり方だったが、何となくうなずける。祖先を崇拝せずして、何事もできるわけがない。

金次郎は貧家の出である。しかし、幼少時から読書が好きで、常に本を離さなかった。昔、小中学校の玄関に建っていた、薪を背負い歩きつつ読む金次郎像。何の本に夢中なのか、小学生の私は不思議でならなかったが、後年、『報徳記』『二宮翁夜話』を読み、『大学』という儒教の経書と知った。小中学校と『大学』の取り合わせが、何だか妙におかしかったのを覚えている。

貧窮と読書といえば、吉川英治である。私は気が屈する時には、この人の自伝『忘れ残りの記』を拾い読みする。英治の川柳もいい。川柳仲間の一人が矢野錦浪で、矢野は自分が勤める東京毎夕新聞に英治を入社させた。日曜付録に童話を書かせたのち、連載小説を執筆させた。これが英治のデビュー作「親鸞記」である。矢野は当時営業局長で、冒頭の谷孫六が筆名である。谷は英治と同じく小学校しか出ていない（いや、英治は中退である）。万朝報の給仕から、東京毎夕新聞を経て、最後は読売新聞の営業局長になった。ラジオ番組欄を設けた先駆者である（ラジオ放送開始と同時に、歌詞や解説つきラジオ新聞を発行、十三万もの読者を獲得した）。

貧しくして勤労、というなら、この人だろう。『豆腐屋の四季』の松下竜一。幼い日に右眼を失明した松下は、午前三時に起き、家業の豆腐を作り配達する。年中無休のそれを、松下は「いのちき」と表現する。なりわい、暮らしの方言で、命生きるが語源かと言う。

わが国の現況が救いがたいのは、一人一人が「いのちき」の実感を喪失したからと言う。誠実に生きようとするなら、「いのちき下手」に生きよと。「泥のごとできそこないし豆腐投げ怒れる夜のまだ明けざらん」貧しさに絶望した松下を立ち直らせたのは、人が勧めてくれた短歌作りだった。

並大抵の貧でない体験者、落語家の古今亭志ん生が、居直ったタイトルでつづったのが、『びんぼう自慢』。「あたしにはやっぱり、生き運てえのがあったんですね」と述懐するそれは、道楽者でチャランポランのめちゃくちゃ人生だが、言葉の端々に、庶民のしたたかな生活の知恵がのぞいている。笑いながら参考になる。

貧とくれば、当然のこと借金である。借金の話は、この人を以てピカイチとする。借金、いや百鬼園、またの名は百閒、内田栄造先生。『百鬼園随筆』をはじめとして先生のどの文章にも、必ず食べ物と借金哲学が登場する。お金のありがたみを知るのは、自分が汗水流して得たのでなく、他人が汗水を流して儲けた金を、首尾よく借りた時、だそうな。そうだろうな、と思います。

貧乏して借金をしたあげくに、いやおうなくやってくるのは老いである。医学の進歩で、老いても死なぬ。死のかわりに常に「恍惚」の状態が訪れる。有吉佐和子の『恍惚の人』が発表された四十年前は、男の平均寿命が六十九で、女が七十四。現在は更に高くなり、その分「恍惚の人」も増えている。本書で介護の心得を学ぶのである。

ああ、もういやだ。もっと陽気な人の、毅然とした言葉が聞きたい。ならば、図々しい奴、いばる奴ばらを毛嫌いした、経済学者の小泉信三がいい。秋山加代・小泉タエの娘さんが、家庭での言動をつづった『父小泉信三』。もうダメだ、危ない、大変だ、などという言葉が大嫌い、言いわけを許さなかった。

政治家の後藤新平は、その大言壮語から「大風呂敷」とあだ名されたが、待ち合わせ時間の二十分前に必ず顔を出した。「早し良し丁度よし危なし」が口癖だった。とは、森銑三編『明治人物逸話辞典』。約一千名近い先人の知恵が収められている。上下二冊のこの本は、読む人物事辞典である。

最後はこの人。自分は「日本を今一度せんたく（洗濯）いたし申候事」うんぬん。坂本龍馬である。宮地佐一郎著『龍馬の手紙』で激動の世を生きる気概を学びたい。

『文藝春秋 SPECIAL』季刊春号　二〇〇九年

【芸】

もう一人の志ん生

これは落語に限らず、歌舞伎、スポーツ、コレクション、等あらゆる世界に言えることだが、良き先達に導かれて親しみ知るしあわせは、どんなに大きいか、計り知れない。端的に言えば、楽しみ方を教えてもらえる。

私に寄席の面白さを教えてくれたのは、二つ年上の大学生だった。当時、私は古本屋の店員で、大学生は店の客である。いつも着流し姿で入ってきて、ある日、恋文の書き方の本はないか、とたずねた。またある時は、楊子のくわえ方の本はないか、と訊く。呉服屋の、道楽息子に違いない、と思っていたら、大学の落語研究会のメンバーで、今は亡き春風亭柳昇師の座付き作者であった。

北林昭三といい（私の自伝小説『逢わばや見ばや』では南木さんの名で登場する）、私は彼の導きで寄席通いをするようになる。落語の聞きどころを、教えられた。昭和三十六、七年頃、志ん生、文楽、正蔵、円生、小さん、他名人がぞろぞろいて、大活躍していた時代である。

私が志ん生を寄席で初めて聞いたのは、どこでだったろう？　ちょっと記憶にない。その頃、志ん生はあちこちに出ていたから珍しくなかったし、特別に聞くことができた、というような興奮はなかった。先の『逢わばや見ばや』で、私はこう書いている。「この人の話術は、演じていると思えない。世間話をしている感じであった。高座にあがると、ニコリともしないで、『エー』と言う。『エー』だけで、次が出ない。『ウン』などと言う。眠っているような目で、客席を見るような見ないような、その表情が、ふてくされているようにも見え、観客が一瞬息をのむ。静かになった中で、再び、『エー』が切りだされる」

そして、いわゆる枕の小話が始まる。三つか四つ、ボソボソと語る。いつのまにか、本題に入っている。枕と本題は微妙につながっていて、このつながり方が志ん生の味になっていた。無関係なようで、実は関係がある。枕にしても、無造作に道ばたに物を捨てているようなしゃべり方だが、実は計算して捨てている。本題で捨てた物を、巧みに拾い上げるのである。捨て方と、拾いっぷりが、絶妙なのだ。

志ん生の話芸で比類が無いのは、会話の面白さと、形容の奇抜さだろう。それと、馬鹿げたことを言いながら、ニコリともしない自分の顔を持っている。破天荒な屈託なさの蔭にひそんでいる、底知れぬ暗さ。若い時の志ん生の芸は、陰気で、うわっすべりで面白くなかったのではないか、と思われるのは、たとえば、高峰秀子主演の映画「銀座カンカン娘」に出てくる志ん生を見ると、そんな気がする。映画の中で落語を演じるのだか、うまくないし、何よりつまらない。軽薄で、こくが無い。

こっけいなしぐさを演じるチャップリンの目つきを感じるのである。あの、のぞき見をするような暗い目つきがあってこそ、陽気なふるまいが深みを帯びて面白く引き立つのだが、志ん生はある時期から、仮面をかぶって素顔を隠した。細く眠っているような目つきで、客席を見るのでなく、自分の心の奥を見つめていた。志ん生は自分に語っていたのではないか。もう一人の志ん生に。暗い情念の志ん生を奮い立たせるように。

時々、酒を飲みながら、志ん生のテープを聞く。お気に入りは、吉川潮さんにいただいた「大津絵」である。落語でなく、俗曲。小泉信三が愛し、聞くと必ず泣いたという大津絵節。

風の吹く夜、半鐘が鳴る。亭主は女房に火事装束を出させ、身仕度して現場に駆けつける。火消しの女房は家で、うがい手水《ちょうず》に身を清め、亭主にけがが無いようにと、お題目を唱えて祈る。「もしもこの子が男の子なら、お前の商売させせやせぬぞや、罪じゃもの」

火消しの女房は身重だ、と最後に知れる。

私は志ん生の真骨頂は、この「大津絵」ではないか、と思う。志ん生落語の原点がこれにある、という気がする。澄んだ、よく通る声の向う側に、陰々滅々の「あわれ」の情念が流れている。

『文藝別冊　古今亭志ん生』二〇〇六年三月

貧困と無知＝『どぶ』

小学校五年生の時に、村の映画館で見た。併映の、『森蘭丸』（中村扇雀―現・坂田藤十郎が、蘭丸に扮していた）が見たくて入ったのである。『森蘭丸』より、私には添え物であったはずの『どぶ』に感動した。

何に感動したか、といえば、ヒロインの乙羽信子が、他人さまの家に忍び入り、お鉢に手をつっこんで白飯を食らう場面である。飢えに耐えかねて、手づかみで食べる。

ストーリーは、ほとんど覚えていない。大人になって再度テレビの名画番組で見たことがあるけれど、私は映画は場面場面を楽しむたちで、物語はどうでもよい主義だから忘れている。

乙羽信子の役どころは、頭の弱い娘で、けれども人を疑わぬ天真爛漫な人間である。貧しくて怠け者の、そしてずるがしこい男たちに食い物にされ、あげく、悲惨な最期をとげる。

ラストシーンは、確か、駅前で乙羽が、巡査から奪った拳銃をぶっ放して暴れる。彼女は白い浴衣の着た切り雀で、走ると、裾がまくれてズロースがのぞくのである。夜、布団に入ると、そのシーンが鮮やかに浮かんできて、始末にこまった。『どぶ』の乙羽信子は、私の特別の人になった。

私もまた、お鉢から手づかみで飯を食らった人間であった。さすがに、他家の飯ではない。父の実家である。

昼食を呼ばれたが、食べ足りなかったのだ。私は五つか六つである。白い飯を口にしたことが無かった。主食は、うどんである。茹でて、長いこと湯に沈めておき、わざとふやかして食べた。量が倍になるからである。貧乏人の、悲しい知恵であった。うどんすら、食えない時もあった。泣き叫ぶ私を持てあまして、母は適当な用事を作り、私を連れて父の実家に行く。飯が目当てである。そのため、時分どきをねらって出かけた。

「あれえ、母ちゃんはいい時に来たねえ」と本家の人たちは、皮肉で迎えた。

戦争が終ったばかりで、農村とはいえ、食糧に余裕はない。復員者もあって、本家もやりくりが苦しい。人のことを、かまっていられない時代だった。

子どもは、しかし、そんな事情はわからない。ひもじいのである。腹いっぱい、食べたい。ふやけたうどんで育った子どもには、白いご飯はこの世のご馳走である。ご馳走の入ったお鉢が、茶の間の隅に置いてある。あたりに人の気配はない。私は、盗み食いした。

『どぶ』を見た時、ああ、あの時の自分の姿だ、と胸を衝《つ》かれた。乙羽信子が掌にひっついた飯粒を、ひと粒ずつ口に入れる。急いで、飯を飲み込む。飲み込んだ音が、聞かれたのではないか。びくびくと、辺りを見まわす。

私はすっかり、乙羽信子になりきっていた。飯を手づかみするシーンから、感情が同化してしまった。

そうそう、『どぶ』は、ゴーリキイの『どん底』を下敷きにしたような映画だった。新藤兼人の監督作品である。宇野重吉が出ていた。殿山泰司が出ていた。湿地帯に、バラックが建っていて、いかにも戦争が終ったばかりの風景だった。登場人物が、皆、大声でわめいて、取っ組みあって、生きるのに必死だった。

お金がからんだ話だったように思う。大金が湿地のどこかに埋められていて、乙羽が、あたいはその場所を知っているよ、とか何とかわめく。男たちが目の色を変える。その金の問題で、乙羽と拳銃が結びつくのでなかったか。いや、私にはストーリーは重要ではない。乙羽の最後の「暴発」が、小学生の私にはカタルシスであったのだ。やれ、もっとやれ。撃て、撃ち殺せ。私は画面の乙羽に声援を送っていた。ズロースを見せて暴れまわる乙羽に、私は性欲と何者かに対する憤りとを発散させていた。感動とは、そういうことだった。

昭和四十三年秋、十九歳の永山則夫《ながやまのりお》が連続射殺事件を起こした。貧困と無知が自分を殺人者にした、と語った永山は、私と同じく「集団就職」の少年であった。

『文藝春秋 SPECIAL』季刊夏号　二〇〇九年

DVDで黒澤明を

数年前、ある雑誌から、「私の好きな日本映画」なるアンケートを受けた。好きな映画五本を挙げ、短いコメントをせよ、という。私は、五本とも、黒澤明作品を選んだ。ちなみに、その作品名は、次の通りである。

『七人の侍』『生きる』『野良犬』『羅生門』『白痴』

ついでに、コメントの一部を紹介すると、「『七人の侍』を偶然、銀座の並木座で見た時は、これぞ映画である、と感動し腰を抜かした。二度、続けざまに見た。こういう映画を製作した東宝という会社は偉大である、とポット出の少年は、監督より、会社に敬意を払った」

まことに異様な感想だが、これには多少の説明がいる。

私が中学までを過した村には、映画館が二館あった。映画全盛期の昭和三十年代初めだから、不思議はない。一方は、東映と松竹と新東宝を、他方は日活と大映映画を、おもに上映していた。東宝映画は、かからなかった。契約していなかった理由は不明だが、都会的センスや、サラリーマン好みの内容が、村人の趣味に合うまい、との館主の判断だとしたら、見当違いであったといえる。当時は、映画はあこがれの世界であった。農村青年の多くは、都会生活を渇望していたはずである。

それはともかく、十五歳で上京し、初めて東宝映画を見た私は、ひどく新鮮に感じた。『七人の侍』が東宝作品と知って、だから前記のように感動したわけである。

黒澤作品へのコメントは、次のように続く。

「次に『生きる』を見た。これも二度、見た。腰が抜けて席を立つことができなかったのである。初めて、良い映画は会社より、むしろ監督の力量で作られると知った。黒澤明の作品を見るたび腰を抜かし、抜かすことが快感になった。『七人の侍』などは五十回以上見た。その他の作品も、少くとも数十回『腰を抜かした』」

銀座の並木座は、いわゆる名画座で、たぶん館主が好きだったのだろうと思うが、黒澤や成瀬巳喜男、小津安二郎の作品を、しばしば上映した。五十回以上見た『七人の侍』はもとより、他の黒澤映画も、皆、ここに通いつめて堪能した回数である。

余談だが、この館では、『並木座ニュース』というパンフレットを発行していて（旬刊ではなかったか）、館主が、「ナミキ・トオル」名で短文を書いていた。私は昔の黒澤明特集上映の『並木座ニュース』がほしくて、館主に直訴したことがある。確か、バックナンバーを三、四十部ちょうだいした。

黒澤の資料になるようなパンフレットではない。上映中の作品の簡単な紹介と、次回の予告しか出ていない。しかし、ファンというものは、これが宝物なのである。私は市販のスクラップブックに、号数順に貼り込んで悦に入っていたが、どこにしまったか、探しても見当らない。並木座も、数年前（一九九八年）に、なくなった。

黒澤映画との出会いは名画座だが、昭和三十五年九月封切の『悪い奴ほどよく眠る』以後の作品は、すべて、封切で見た（最後の作品『まあだだよ』のみ、見逃した）。

ビデオも、揃えた。黒澤作品を放映すると聞いて、衛星放送の機器も購入した。テレビで流すつど、ビデオテープに収めた。従って、たとえば『七人の侍』は、市販のテープの他に、テレビから録画したテープが何本もある。当然の話だが、内容はどれも同じである。同じだが、テープの欠点は、何度も再生して見ていると、傷んでくる。延びてくる。延びた、とわかるのは、音楽である。『七人の侍』の勇壮な、「侍のテーマ」のトランペットが間のびして響くと、画面まで歪んで見える。

レーザー・ディスクは、ある理由で、手控えていた。そのうちに興味が薄れてしまった。このたび（二〇〇二年）、ＤＶＤ（デジタル・バーサタイル・ディスク）で、黒澤明作品が出ることを知った。全作品ではない。東宝が製作した映画だけだが、それでも黒澤が生涯に発表した三十作中の、二十三タイトルである。日本映画の最高傑作と称される『七人の侍』はむろんのこと、『生きる』『野良犬』『天国と地獄』『用心棒』『椿三十郎』『隠し砦の三悪人』『蜘蛛巣城』『赤ひげ』など、めぼしい作品が全部収まっている。

私がこれを欲しい、と思ったのは、『姿三四郎』の、「幻のシーン」が、ＤＶＤで初めて公開される、とうたわれていたからである。

黒澤の監督デビュー作『姿三四郎』は、昭和十八年三月に封切された。監督審査会で、小津安二郎が、「百点満点として〝姿三四郎〟は、百二十点だ！　黒澤君、おめでとう！」とたたえてくれた本作は、また、一般の客からも、迫力あるアクション映画として、好評で迎えられた。

だから、翌年三月に再上映されたのだろうが、この時、黒澤や製作スタッフに断りもなく、短縮された。昭和二十七年四月に改めて公開された折りの、プリントの冒頭には、「当時の国策の枠をうけ」という理由が、字幕で示されている。

「お詫び」の字幕は、次のように続く。

「此のたび公開保留が解除されましたので再上映に際し原形に戻すべきでありますが不幸にも戦時の混乱で短縮した部分のネガフィルムを散逸し、どうしても原形に戻すことが出来ません。併し当社は此の作品がそういう不充分な姿でも尚且つ再び世に問う価値があると信じますので右の形のまゝ公開する事と致しました」

現在、私たちが見ることのできる『姿三四郎』は、カットされた再上映版なのである。完全版を見たいけれども、この世に残されていない、というのである。

ところが、数年前、ロシアの国立映画保存所（ゴスフィルモフォンド）に、封切時の『姿三四郎』が保存されていることが判明した。満映こと満洲映画協会所蔵のフィルムを、ソ連が接収したものである。

残念なことに、発見された『姿三四郎』は封切版には相違ないが、四十五分しか無い不完全なフィルムであった。完全版は、九十七分である（再上映版は、七十九分）。

しかし、まことに幸運なことに、カットされたシーンが含まれていた。「幻のシーン」が残されていたのである。

黒澤のシナリオに添って、現存プリントに、それらのシーンを入れて編集したものを、DVDで見ることができる、というのである。つまり、完全版に近い内容である。

リアルタイムで見られなかった者には、こんな嬉しいことはない。『姿三四郎』の「幻のシーン」だけでも、求める価値が、ある。

ただし、心配な点が一つ、あった。私は、機械オンチである。DVD機器が操作できなかったら、ディスクを購入しても、宝の持ち腐れになる。果して、私のような者にも簡単に扱えるものか。ビデオを再生、録画する程度なら、こなせるのだが。

案じることも、なかった。ビデオより、もっと、やさしい。何しろ、こちらは再生だけなのである。

ビデオと異なるのは、自分の見たいシーンだけを、取り出して見ることができる利便を備えていることだ。つまり、ビデオのような「早送り」をしなくてよい。

さて、私が購入した東宝DVDは、次の七作品である（二〇〇二年十一月中旬現在発売中のもの。全二十三作品が二〇〇三年二月までに順次発売された）。

『七人の侍』（二枚組）『姿三四郎』『続姿三四郎』『赤ひげ』『デルス・ウザーラ』『生きものの記録』『蜘蛛巣城』

『七人の侍』が二枚組で八千円、他が六千円（税抜）だが、「ボックス」（七作品を一括）で買うと、三万九千六百円と、お得である。

六十年ぶりの復活シーン

まず、一番見たかった『姿三四郎』を、プレーヤーにかけた。ＤＶＤ、初見参である。出ました。まず、ＤＶＤ・ＴＯＨＯのマーク。続いて、東宝株式会社のマーク。そして、『姿三四郎』の再上映版である。

ビデオテープに比べると、こちらは、映像がきめ細かく（特にモノクロがすばらしい）、音も良い。

目当てのフィルムは、「最長版」という名称で、本篇の次に入っている。一枚のディスクで、二篇の『姿三四郎』が楽しめるわけである。特典は、それだけではない。どのディスクにも、「黒澤明〜創ると云う事は素晴らしい」という、約二十分ほどの映像が、付いている。黒澤明が自作を語ったり、製作当時のスタッフや出演者が、思い出や苦労した話などを披露している。これが大変貴重で、面白い。

更に、現存する予告篇が何本も入っており、また「特報」（ビデオ化されるのは初めてらしい）も収められている。特典については、後述する。

『姿三四郎』の最長版（復原版）である。

「幻のシーン」は、いくつかあるが、もっとも長いカットで今回発見されたシーンは、轟夕起子の演じる柔術家の娘と、柔術家の門人・檜垣《ひがき》（月形龍之介）との対話、それに続く柔術家宅を訪れる檜垣、この二つの場であろう。

再上映版では、この部分は、字幕で説明されている。すなわち、

「物語は、ここから転換して、小夜（轟）の話になる。小夜は檜垣（月形）の師、村井半助（志村）の娘である。小夜も檜垣の蛇のような影におびえている」

村井半助役は、志村喬である。

『姿三四郎』は、端的に言うと、伝統的な柔術と、新興柔道との、新旧対決で、柔道にいそしむ三四郎の青春と人間形成を描いている。

村井や檜垣は柔術派で、旧派は新興勢力に分が悪く、次第に隅に押しやられていく。そのあせりが檜垣をして、三四郎に敵対させるわけだが、もう一つ、村井の娘との恋情がからんでいる。檜垣が三四郎に果し状を突きつけるのは、恋を横奪《ど》りされた嫉妬による憎悪もあった。

再上映版では、檜垣が小夜に愛を吐露するシーンがカットされたために、檜垣という男が、冷酷な乱暴者としか、うつらない。

黒澤のシナリオでは、酒徳利を抱えて歩く小夜の背後から、檜垣がステッキの先で肩をたたく。驚いて振り返る小夜に、「小夜さん、少し話がある」と言う。「道端の銀杏の下の土堤に腰を降す」とあるが、撮影されたのは、町の中を流れる川の橋の上で、檜垣が欄干に背をもたれている。小夜が通りすぎ、立ちどまって、うつむく。カットされたシーンは、ここから始まっている。

「どうです、先生は」と檜垣が煙草に火を付ける。小夜が、「はあ」とうなずく。吹かしながら、「いかんな、酒をやめなくちゃ」と言う。「旧派」の人間らしからぬ、マントに帽子の、ハイカラないでたちである。ポケットから財布を取り出し、紙幣を一枚抜く。

「第一、小夜さんに暮らしの苦労をかけてはいかん」

と差し出す。小夜が、後じさる。追って着物の胸元に、紙幣を無理に挟む。

小夜の横顔が動かない。檜垣が、言う。

「この間、横浜で君によく似た毛唐の娘を見たが、実にきれいだった。僕はたちまち君の事を思いだした」

小夜の表情は、かたくななまま変らぬ。長い沈黙がある。

檜垣が、ぽつり、と言う。

「小夜さんは、嫁にいきますか?」

小夜が、顔を上げる。

「もちろん行くのだが、どうです、僕のところへ来ると、約束してくれんか」

小夜が、檜垣を見る。口元が、かすかに歪む。背を見せて、足早に去る。檜垣が、煙草を捨てる。

川沿いの道を、小走りに行く小夜。倉庫のような建物の壁に、大きな樹の影が映っている。この樹が、銀杏らしい。

壺を積み上げた建物のそばを、走る小夜。行く手に、古めかしい蔵が見えてくる。そして、格子戸の家に行き着く。看板が、掲げてある。「良移心当流指南　村井半助」村井が布団から起き上がる。飛び込んでくる小夜。そこに檜垣が訪れる。小夜を追ってきたのである。小夜は隠れる。

檜垣が村井の健康を案じたあと、相談があって来ました、と告げる。そして、自分は将来、柔術界を当流で統一するつもりだ、と語る。村井が、難事業だろうと言うと、「やり甲斐がある。そのかわりというのは変だが、先生、成功した暁には、小夜さんを下さると約束して下さい」と頼む。

二つのシーンは、時間で計ると、なにほどの長さでもない。しかし、この部分を説明字幕で読むのと、映像で見るのとでは、大層な違いである。轟夕起子の無表情が、たくさんの言葉を語っている。封切時の批評を読むと、小夜役の轟は、演技が今一つ、と言われているが、私はそうは思わない。

檜垣に明らさまな嫌悪感を示さない分、毛嫌いの度合いが強いことを思わせる。嫌い、とストレートに顔に出す者は、心から嫌いでは無いのである。本当に嫌いだったら、愛想が良いか、無表情かの、どちらかである。揶揄か無視、だ。

ところで、最長版のすばらしいのは、「日本語字幕入り」で見ることができる（他の映画も同）。『姿三四郎』のように、戦時に製作されたものは、機材不足のせいで、照明と音声が極端に悪い。登場人物が何をしゃべっているのか、よく聞き取れない。セリフの字幕入りは、ありがたい。字幕がわずらわしいという人は、字幕無しで見ればよい。字幕を選べるところが、すばらしいのである。

その字幕で、誤植を一つ発見した。先の檜垣のセリフである。村井が「難事業だろう」と言うと、「やり甲斐がある」と受ける部分である。「成功」が、「移行」と出る。檜垣のセリフは、確かに、「いこう」としか聞き取れない。しかし、ここは黒澤のシナリオでも「成功」である。

じっくりとDVDを見て、気がついたことが、いくつかある。

轟夕起子が、原節子にそっくりなことである。特に、声が似ている。声だけ聞いていると、原節子と見まがう。

月形龍之介が、意外に小柄な人なのである。この役者は、大変大きく見えること、ちょうど三船敏郎のようである。

寺の石段で三四郎が小夜の足駄の鼻緒をすげてやるシーンは、樋口一葉の「たけくらべ」がヒントだろう。

特典の「創ると云う事は素晴らしい」で、黒澤は、富田常雄の原作を読んで映画化を考えたのでなく、新刊予告の案内を見て、これだと思い、作者に許諾を求めた、と語っている。『姿三四郎』というタイトルに、まず触発されたのではないか。漱石の作品名と主人公のイメージから、いかにも若々しい、新時代の匂いを感じさせる。戦争末期の息苦しさを払拭したい気持ちがあったのだろう。

富田夫人が、黒澤のシナリオを愛読していた縁で、即座に映画化を許された、という。シナリオというのは、「達磨寺のドイツ人」「雪」「敵中横断三百里」を指すのだろう。

黒澤が自ら製作時の思い出を語る、これは黒澤を研究する者には、見逃せない。

三四郎の下駄で、時間経過を示す。道に捨てた下駄を、犬がくわえて振り回している。雨に打たれている。雪が降りつもる。桜の花びらで埋まった川に浮かぶ下駄。ゆっくりと、流れていく。


あの子供は私だ！

この画面の積み重ねに、音楽を入れたら、プロデューサーが感心した、と黒澤が愉快そうに語っている。映像だけでは、意味がわからなかったのだろうと思う。

『姿三四郎』に、かかわりすぎた。他の作品に移ろう。順序からいうと『続姿三四郎』だが、こちらは檜垣兄弟に重点を置いている。檜垣の弟（河野秋武）が、白塗りの能面のような顔で登場する。黒澤の能への傾斜が、映画に取り入れられた、これが最初、と「特典」で解説されている。能は、黒澤映画の重要な要素の一つである。昭和十九年に作られた続篇は、国情を反映して、乱暴な外国人水兵をやっつけたり、米人のボクサーと柔術家の試合などが出てくる。

『デルス・ウザーラ』の「特典」に出てくる数々の製作秘話は、初めて公開されるのではないか。銀盤のような氷上が気に入らず、わざわざ氷に穴をあけ傷つけ、でこぼこにして撮影したという。襲いかかる強風に備えて、枯れ葦を集めて即席の避難小屋を作るシーンは、えんえんと撮影されたが、冗漫であるとの理由で、ロシア側がカットした。しかしこの映画の音楽をつけたイサク・シュワルツが、強風に勝った喜びのためには、やはり黒澤の意図通り、苦労するシーンがくり返されなければならぬ、とのちになって思い至った、と証言している。黒澤は瀕死の状態でこの映画を完成させた、と監督助手をつとめた野上照代が語っている。

『生きものの記録』は三十代の三船敏郎が七十の老人を演じた。この老け役は見事である。その化けっぷりを「特典」で解説している。また黒澤映画の音楽をつけた早坂文雄の死と、黒澤の友情を記録している。この映画は、早坂の何気ない一言がヒントになって誕生した。

次は大好きな『七人の侍』にしたい。この一本を語れば、黒澤明のすべてを語ることになる。それほどに、すばらしい、非の打ちどころのない傑作である。

『七人の侍』は私にとって、元気にしてくれる妙薬である。気がくさくさしている時、これを見ると、たちまち、晴れてしまう。

腹のへった侍を七人集めて、野伏《のぶ》せりから村を守る、という発想が、そもそも非凡である。村人のために、何の手柄にもならぬいくさをうけおう侍がいる、という設定が嬉しいのである。

七人のうち、四人が戦死する。四人は村の墓地に、葬られる。墓が造られる。安息の場所を得た彼らはともかく、生き残った三人は、これからどうするのだろう。また、流浪の旅に出るのか。木村功の扮する勝四郎は若者だから何とかなるにしても、志村喬の勘兵衛や、加東大介の七郎次は、老いが迫っている。もはや、この二人を雇ってくれる者は、いないだろう。

けれども、のたれ死することはあるまい。何とか、生きて、天寿をまっとうするに違いない。彼らなら、心配いるまい。

見通しが明るいために、この映画は私の独参湯《どくじんとう》なのである。

『七人の侍』が封切された昭和二十九年、東京都内の失業者が、五十万人を越えた、と年表にある。

この前年は、昭和九年以来の大凶作である。私は小学生で、満足に米の飯の食えない貧窮学童だった。

七人の侍を迎えた村の子供たちが、三船敏郎の持つ天こ盛りの飯に、「くれヨウ」「くれヨウ」と手を差し出す。あの子供たちの一人が、私であった。

思えば、この映画は、米の飯で始まり、米を植えつけるところで終るのである。

志村喬が髷《まげ》を剃《そ》りにわか坊さんになって、子供を人質に立てこもる盗人に立ち向う。説得の小道具に用いるのが、二個のおにぎりである。

白く光る米の飯が、貴重であったのは、映画の中の話だけれど、封切当時の現実も、大して変らない。

池田勇人蔵相が米価問題の質問に、「所得の多い者は米本位、所得の少ない者は麦本位というようにせよ」（いわゆる「貧乏人は麦を食え」発言である）と答えたのは昭和二十五年、『七人の侍』のたった四年前にすぎない。

志村喬の坊さんで思いだした。

盗人から子供を奪い返した志村は、当然ながら、以後、坊主頭で通す。

何かしゃべるごとに、頭の後ろに手をやる。急に髪が無くなると、人間、気になるものである。誰だって、無意識に頭を撫でる。志村喬は、その無意識のしぐさを、意識して演じたわけだ。

何でもない、この小さなしぐさが、侍大将、勘兵衛の器を大きく見せている。沈着剛毅なだけでは、人は付いていかない。照れ屋で、優しい面も持っているから、甘えたくなるのである。

目にものを言わせた巨匠

先のアンケートで、私は次のようなことを書いた。

「黒澤映画に登場する人物は、皆、目つきがすばらしい。目つきの演技がいい。『羅生門』の森雅之が、妻を軽蔑するまなざし。こういう冷ややかなまなざしは見たことがない。その夫の視線を感じて、妻の京マチ子が、ふと見やる、見やってギョッとするのだが、その間のわずかな揺らぎの目つきが、これまた何とも言えぬ。そんな目で見ないで、と拒絶しつつ、夫の冷ややかな目つきを見ずにはいられない。この時の京マチ子の目もいい。黒澤は目にものを言わせた偉大な監督である」

『生きる』を例にとると、志村喬がキャバレーで「いのち短し」を歌いだす。歌いながら、大きな目から涙をこぼす。それを気味悪そうに眺める客のまなざしがある。

ヤクザの親分、宮口精二の、半分死んだような目も印象的である。癌の志村の必死な姿を、ちらりと見た時の、見てはならないものを見たような、何かに打たれたような目つきも、忘れがたい。

『七人の侍』でいえば、土屋嘉男扮する利吉の思い詰めた目だし、津島恵子の村娘の恋するまなざしである。

実は、黒澤監督が、「目の演技」を重視していることを、このDVDで知った。特典の、「黒澤明～創ると云う事は素晴らしい」で、『七人の侍』の照明助手をつとめた金子光男が語っている。

役者の目に照明を当てて、目にものを言わせるわけである。これを、「アイ・キャッチ」と称するらしい。

津島恵子は、「アイ・キャッチ」ですっかり目を痛めたそうである。

『七人の侍』のラストシーンは、村人たちの田植えである。苗を運ぶ津島恵子と、木村功が、畦道で一瞬、見つめあう。

津島の目が光る。照明技師の金子は、田んぼの中にしゃがんで、津島のま下から光を当てた、と語っている。津島は菅笠をかぶっているので、下方からの位置しかなかったようだが、微妙な蔭が出来て、津島の表情に奥行が生まれた。単なるためらいではない。少女と娘の、あるいは娘と大人の端境期に見られる、ちょっぴり残忍な感情が現れている。人をなぶるような、からかうような、招くような、遠ざけるような、好きなような、嫌いなような、あいまいきわまる表現である。勝四郎（木村功）ならずとも、とまどってしまう、罪な目つきである。

『七人の侍』にも、カット版がある。私が名画座で何度も見ていたものは、それであった。

昭和五十年九月二十日に、「完全オリジナル・ノーカット版」が上映された。私はB君という年下の友人と、「テアトル東京」というロードショー館に出かけた。午前の第一回上映に間に合うよう入ったのだが、すでに満員で空席がない。通路も立ち見で塞がっている。私たちは人をかき分け、何とかスクリーンの前に進んだ。なだらかなスロープのそこは、じゅうたんが敷いてある。本来、客が立ち入れない場所だが、特別に開放されていた。私とB君は芝生に座るように、膝をかかえて陣どった。できるだけ自分の敷地を確保しよう、と考えたのである。次から次へと、客が詰めてくるのだった。膝を伸ばすことも、むずかしくなり、あぐらをかいた。

そうして見た「完全オリジナル・ノーカット版」であったが、音響もすばらしく（四チャンネル・ステレオだった）、私たちは圧倒された。興奮したB君が、「もう一回見ましょうよ」と、提言した。私にいなやは無かったが、何しろ、上映時間三時間二十七分である。休憩時間を含めて七時間余を、飯も食べず、トイレにも立たずに、動かないでいたのだから、若い時とはいえ、好きでなくては出来ない。詰めかけた客に囲まれて、身動きできなかったのである。黒澤映画の人気の程が、これで知れる。

ノーカット版を見て、今まで自分が楽しんでいた『七人の侍』は、ずいぶん不完全だったことがわかり、がっかりした。かなりカットされたものを、見せられていたのである。

たとえば前半と後半に、五分の休憩が入ることを知らなかったし（この間ずっとテーマミュージックが流れる）、三船敏郎の菊千代が、利吉の馬小屋を訪れるシーンも無い。一番のカットは、最後の決戦前夜である。

村の娘の恋を咎める父親のシーンは無く、焚火に雨が落ちだし、次第に本降りとなって火が消えていく、印象的なシーンが全くカットされている。

「カット版」はヴェネツィア映画祭に出品されたフィルムで、これは「海賊版」と称されたらしい。上映時間は二時間四十四分という。

一九九一年十一月二日に、音声を補強した完全オリジナル版が再上映された。「リニューアル・サウンド版」と称される。むろん、黒澤の監修による。これを私はカミさんと見に行った。

DVDは、「リニューアル・サウンド版」を収めたと思うが、明記されていない。カット版でないことは確かである。

DVDは、見始めたばかり、恐らく今後、何度も何十度も、飽きずに鑑賞することだろう。そのつど新しい発見があるに違いない。コンパクトにDVD化されて、黒澤明は、初めて「私の黒澤明」になったような気がする。本当の「黒澤明作品」を見るような思いがするのだ。

『小説新潮』二〇〇二年十二月号

剣と歌

このところ思いもよらぬことが、知友の間に次々と起こっている。めでたい話もあり、そうでない事柄もある。両方を体験した者もいる。

二〇一二年五月に、茨城県つくば市の北条という町を、竜巻が襲った。筑波山麓の、古い町並である。甚大な被害が出た。死者が一人、出た。

この町に、私の親しい友人が住んでいる。老舗ののれんを守っている。竜巻なんてめったにない天変であり(近頃はそうでなくなったが)、まさか、旧知の人間が巻き込まれるなんて、考えもしなかった。ニュースで知ったときは、動顚《どうてん》してしまった。

安否を気遣ったが、電話で問い合わせるべきかどうか、迷ったのである。先方は取り込み中だろうし、何かあったとしても近所でないから、すぐに助けに駆けつけられない。第一、竜巻の見舞いは何と言えばいい? 電話の見舞いは迷惑だろうし、何の役にも立たない。私は速達を出した。必要な物、必要なことを知らせてくれ、と書いた。

折り返し友人から返事がきた。店の屋根がやられ、二階をこわされたこと、家族は無事、さし当って必要な品はない、と手短かに記されていた。

半年ほどたって、家の修理が完了した、と報じてきた。この年齢になって、このような痛い目にあうとは思わなかった、と述懐していた。友人は私と同じ六十八歳である。

この友人が先だってCDを送ってきた。『人生舞台』という、キングレコードの歌謡曲である。歌手は、北条《ほうじょう》きよ美。和傘を差した着物姿の女性が、にっこり笑っているジャケット写真を見て、おや、と目が点になった。友人にそっくり。急いで添えられていた友の手紙を読んだ。そっくりも当然、北条きよ美は彼の長女なのである。

このたび、右の芸名でプロの歌手としてデビューしました、ごひいき願えたら嬉しいです、とあった。

私は、惘然《ぼうぜん》とした。信じられなかったのである。彼女が歌手を志していたなんて、誰からも聞いていない。歌が上手だ、といううわさも無かった。剣道の腕前が抜きん出ていて、確か四段の段位者だった。女性で四段は凄いことである。剣道と歌謡曲。どう考えても結びつかない。

とにかくも、CDを聴いてみた。剣を使うとは思えない、柔らかい声である。どこか、岩崎宏美に似ている。そう思って聴くと、そっくりなように感じる。そして、ハッ、とした。私は小学生の岩崎宏美を知っているのである。彼女は北辰一刀流の六代目の道場に、妹と一緒に通ってきた。姉妹の父が道場のパトロンであった。私は二十代から三十代にかけて、その道場で剣道と居合を習っていた。

剣と歌は結びつかないどころか、岩崎姉妹の例がある（宏美の妹・良美も歌手）。

それにしても、私が信じられなかったのは、北条きよ美さんの父、つまり私の友人は、若い時から流行歌を好まず、大のカラオケ嫌いなのである。私と正反対だった。たぶん、友人が娘さんのことを内緒にしていた理由の一つだろう。彼は恥ずかしかったのに違いない。

私はもう一度、『人生舞台』を聞いた。「人に頼るな　甘えるな」という歌詞がある。そのあとに、「今は苦労の真ん中だけど」という文句が出てくる（作詞は、仁井谷俊也）。きよ美さんは、故郷の竜巻禍を思いだしながら、歌ったのだろう。

最後に、「きっと咲かせる　夢の花」と結ぶ。これは、彼女の決意である。

がんばれ、きよ美ちゃん。小学生の彼女は、私と親父の酒盛りのために、いろんな種類のカナッペをこしらえてくれた。私はあの時の味を思いだしながら、『人生舞台』を口ずさみつつ、北条きよ美の前途を祝して、一人、盃《さかずき》を挙げたのである。

『新世』二〇一四年二月号

【ことば】

常識と正義

色気、って、何だろう？

気の置けない仲間たちと、その話になった。

そもそも仲間の一人が、「放浪の画家」山下清のエピソードを語った。テレビや映画で有名になった「裸の大将」の貼り絵画家が、駅の待合室で隣の客に、色気って何ですか？と話しかけるのである。突然、この難問を呈された客は、こう答える。「色気というのは、人に笑われないように恰好よくやり、人に好かれるのが色気だ」

山下清の自伝に記されている実話である。この客は、ただ者でない。一同感心し、さて色気って何だろう？　と改めて皆で考えこんだわけである。

いろいろ、出た。「清潔」「気品」「あるか無いかの匂い」「酸いも甘いも心得ている人」「子どもっぽいところのある大人」「微笑」「無駄口を叩かぬ人」「目で物を言う人」「恥を知る人」「分《ぶん》をわきまえた人」……。

きりが無い。結局、色気の無い人間を定義した方が早い、ということになった。それは、好色で卑しいやつ、という明快な一言で一致した。色気のある人、というのは、この逆をさすわけだ。

駅のホームの喫煙コーナーで、若い女性が煙草を吹かしている。遠くから目立つほどの美しい娘さんだが、彼女は濛々たる煙の中なので、気の毒なほど色あせて見える。「惜しいなあ」と私の連れが、ささやいた。連れの言う意味は、私にもわかった。

電車が、来た。喫煙コーナーには五、六人ほど愛煙家がいるが、誰も動かない。乗らないのか、と見ていると、ホームにいた乗客がすべて乗り込むや、いっせいに煙草を灰皿に投げ入れ、電車に突進した。一人がホームに吸い殻をほうった。赤い火玉が、転々とする。娘さんが、投げ捨てた若い男の背をつかんで引き戻した。そして、短く注意した。「馬鹿をするんじゃないよ」

若者は一瞬キョトンとし、そして、あわてて吸い殻を追う。娘さんは電車に乗る。ドアが閉まる。走りだす。ホームでは投げ捨て男が、電車を見送る。娘さんは、そ知らぬ顔だ。

連れが私に目で合図する。「恰好いいね」と言っている。私も、うなずく。ドアを背に立つ娘さんが、きりり、と引き締まって見えた。これこそ、色気というものだろう。色気の定義に、もう一つ加えたい。常識であり、正義である。

『プリズム』二〇〇五年一月号

挨拶の力

「おめでとう」という挨拶は、美しい日本語のひとつだと思っている。めでたい、は、たぶん、愛《め》でるから来ているはずだ。いつくしむ、いとおしむ、かわいがる、大切にする、思いやる。すべて「愛」に発する。

挨拶というものは、相手と向きあえば、自然に口をついて出るものである。ところが、昨今はどうもそうではない。挨拶をしない人が、多い。しても、何だか中途半ぱである。善意に取れば、照れくさいのだろう。慣れないせいもあるようだ。子どもの時から、交わしていないからである。

元日の朝、家族が顔を合わせる。お互いに、「おめでとう」と言い交わす。つい先頃まで、どこの家庭でも見られた、当たり前の光景だった。「おめでとう」の挨拶から、家族の一年が始まったのである。

核家族になって、このささやかな習慣が、いつのまにか、すたれてきたらしい。家族が少ないので、改まった挨拶が照れくさいのである。「おめでとう」は、もっぱら年賀状やメールで遣われ、肉声で発することはなくなった。

家庭での挨拶が行われなくなったことが、そもそもの原因だろう。

「お早う」「いただきます」「ごちそうさま」「行ってまいります」「ただいま」「おやすみなさい」

これらは、教えるとか教えられて覚える言葉でなく、家庭でごく自然に出る日常語だった。親が毎日口にしていれば、子もそういうものだと思い、命じられなくとも口にする。挨拶は相手への愛から発する。挨拶が交わされない家庭が崩壊するのは、つまりは愛が無い証拠で、当然といえば当然のなりゆきである。

挨拶が無ければ、会話も生じない。「おめでとう」と言い交わしてのちに、今年の抱負や願望の話が出るのである。挨拶はコミュニケーションのきっかけなのである。

若い時分から山登りを趣味とする知人に聞いた話だが、この数年、目立つのは、山ですれ違う際、挨拶をする者が至って少なくなったことだそうである。

山での挨拶というのは、自分は怪しい人間ではない、と相手に教える意味があるそうだ。「こんにちは」と言う。相手も「こんにちは」と返す。互いに、声を聞いて安心する。

しかしこの頃は挨拶しても、返さない。すれ違う時、恐いそうである。

満足に挨拶のできぬ人間は一人前でない、と言われたものだが、これはどんな時代にも通用する尺度だろう。挨拶の中で少なくとも次の二つだけは、口ごもらずに言えるようにしたい。それは、「ありがとう」と、「ごめんなさい」である。感謝と、謝罪。

簡単に言えそうだが、案外にむずかしい。二つは連動している。ありがたいの気持ちがあるから、素直に、ごめんなさいが言えるのである。人生の終末を迎える時、最後にこの二つが自然に口をついて出れば、それは限りなく満足な生涯を過ごしたということになろう。人は挨拶で始まり、挨拶で終わるのである。

『高知新聞』二〇〇七年一月一日

お晩です

韓国映画を見るたび、なつかしく思うのは、登場人物の口調に、生まれ故郷の茨城弁を聞き取るからである。語尾が上がる、あれは、わがふるさとのしゃべり方である。いがっぺよ（いいだろう?）、いがっぺ（同）、んだっけ（そうだっけ?）、んだっけが（同）、だっぺよ（だろう?）……皆、上がる。

私は故郷を離れて、五十年になる。ふるさとのイントネーションでしゃべることもない。また、しゃべることができない。

中学を卒業して上京し商店員になった時、東京弁が使えるように努力せよ、と主人に言われた。語尾が上がる茨城弁は、聞く側が不遜に感じるらしい。命じられているようだ、と評判が悪い。商人にふさわしくないのである。私は商人になるつもりだったから、必死で東京弁を習った。お国言葉は意識して忘れるようにした。そのため、今は正確にしゃべれない。まがいものの茨城弁である。

ところが今春、あるかたと仕事で初めてお会いした。朝、待ちあわせ場所に伺うと、相手が先に来ておられ、私より先に挨拶なさった。

「今日は、いいあんばいですねえ」

なつかしい抑揚である。思わず、

「本当に、いいやんばいです」

相手と同じイントネーションで返していた。聞くまでもなく、同郷のかただった。

「いいあんばい」「いいやんばい」は、茨城人の挨拶言葉である。丁度よい陽気だ、いい天候だ、という意味より、コンニチハ、元気ですか？　お変りないようですね、というニュアンスに近い。朝の挨拶である。夕方や晩は、「お晩かたです」と言った。今晩は、である。「お晩です」とも言った。

挨拶言葉というものは、忘れないものである。

私が生まれた家の近所に、他県からお嫁さんが来た。わが家の前に持ち田があり、青田の時分は、いつもお嫁さんが一人で草取りをしていた。まっ暗になるまで、黙々と働いている。中学生の私は遊び疲れて帰宅の途中で、いつもお嫁さんと顔を合わせる。

「お晩かたです」と私は挨拶する。お嫁さんは顔を上げ、ニコ、と微笑むが、何も言わない。恥ずかしいのだ、と私は生意気な忖度《そんたく》をする。何しろこの地の人ではない。異郷の挨拶に、まだなじめないのだろう。

お嫁さんは姑にいじめられている、という噂があった。家に帰りたくないのだ、と私は想像した。それで遅くまで野良にいるのだ。

ある日、私は例によって暗くなってから帰宅した。お嫁さんが稲田から伸び上がり、私に向って、「お晩です」と言った。初めて聞く声だった。私も大声で返したが、何だか恥ずかしかった。それまでそんな気持ちになったことは、一度もなかったのである。以来、私はお嫁さんと顔を合わせるのが気詰まりになった。裏道を通って帰るようにした。

就職後、幾度か帰郷したが、お嫁さんと会うこともなかった。東京でお国の挨拶をする折もないが、「お晩です」というあの時の声は、今でも思いだす。

『文藝春秋スペシャル』季刊秋号　二〇〇八年

的皪

若い頃は、何にでも興味を持つものである。

昭和三十七年、とはっきり年度を記せるのは、当時の日記が出てきたからである。その頃、私は東京下町の古本屋の、住み込み店員であった。

店番をしていると、八十代と覚しき老人客が、書棚から取りだした本のページをめくっては、奇怪な声を発する。ケッ、とか、カッ、とか、気合いのような声である。大きくはない。独りごとのように発する。

私がけげんな表情で見ていると、本を持ったまま私の方にやってきた。

「君、これ、何と読む？」と開いたページを差しだした。

詩吟の本であった。男児志を立てて郷関を出づ。学もし成らずんば死すとも還らず、という有名な漢詩である。客は七言絶句の四句目を示している。「人間到るところ青山あり」という文句である。

「ジンカン到るところセイザンあり、ですか？」私が読むと、「君、偉いねえ」と客が相好を崩した。「見てごらん？」と指先で押さえていた個所をずらす。「人間」に「ニンゲン」とルビが振ってある。

「漢詩なんだからここはニンゲンでなくジンカンと読むべきだと思う。ところが大抵の詩吟の本は、ニンゲンと読ませている。けしからん」

ケッ、と発した。「君は若いのに大したものだ。さすが古本屋さんだねえ」

老人はしきりにほめるが、なに、私は茨城県人の常で、子どもの頃、詩吟や剣舞を習わされたのである。意味はわからなくとも、有名な漢詩は覚えさせられた。人間到るところ青山あり、はニンゲンと吟じさせられた。しかし教えてくれた詩吟の先生は、これは本来はジンカンで人の世のことだ、でもニンゲンでも決して間違いではない、詩吟を聞く人のためには、こちらの方がわかりやすいから、ニンゲンで吟じなさい、と言った。

私は客の老人と親しくなった。老人は漢詩の手ほどき塾を開いている、と言った。店の近所である。

私は同人雑誌の仲間に声をかけた。すると二人ほど漢詩を作ってみたいという希望者が現れた。私たちは早速、塾におもむいた。

老人は七厘で大豆を煮ていた。塾と言っていたが、果して生徒はいるかどうか怪しいものだった。一人暮らしで、アパートの一室はひどく雑然としている。私たちは意気をそがれた。

七厘を囲んで、漢詩の法則の講義が始まった。老人が畳に半紙を広げた。老人の筆で、菅茶山《かんさざん》の「冬夜読書」が書かれてある。

「いいかね。まず韻を踏む。ほら、この七言絶句の下の三文字を見てごらん」と火箸で示した。

「起句の下三字、『樹影深』。次句の『夜沈沈』、三句目の『思疑義』、そして結句の『万古心』。三句目を除いて、シン・チン・シン、とンの付く語だ。これを韻を踏むという」

Aが含み笑いをした。続いて、Bが身をよじりだした。二人はこらえきれずに、あわてて室外に出る。私もあとを追った。

表でひとしきり三人は笑いあう。

「夜チンチンだってさ」「結句の漢字を見た？」

こんなことが面白くてならぬ年頃だった。

私たちはそれから二、三回通って、やめてしまった。老人の講義がくどくなったからである。同じ話ばかり繰り返し、ケッと言う。

その頃たわむれに作った漢詩が、日記に記してある。「机上春」という題である。

「机上梅花開的皪　薫香清冷今朝春

不知雨中故園情　流涕不拭花接吻」

（机上の梅が白くあざやかな花をつけた。香りすがすがしいけさの春。知らず知らず雨に故郷を思いだす。涙を拭わず花に接吻する）

日記によると、この詩は「的皪《てきれき》」という語に触発されて作ったらしい。芥川龍之介の小説で見つけた語である。ところがテキレキだから韻を踏んでいない。あとのシュン、フンに合わせるなら、ここはンと付く単語でないといけないわけだ。

日記には、他にもいくつかの漢詩らしきものが書きつけてあるが、どれもただ漢字を並べただけに過ぎない。幼稚なものには違いないが、でも現在の私には作れそうもない。「的皪」などという難解な言葉に感動した若さが羨ましい。

『望星』二〇〇八年一月号

思いやり・愛を伝える言葉

年少の友人が、しきりに若白髪を気にする。

「福白髪といって、縁起がよいのに」と慰めたら、「うそでしょう」と本気にしない。

「いや、ほんとうだ。昔、髪置きといって、男女が三歳になるとお祝いをした。そのとき、子どもの頭に白髪のかぶりものをのせた。結婚式に花嫁さんが綿帽子《わたぼうし》で顔を覆う。あれだよ。長寿のおまじないだ」

「そうなんですか。福白髪」

「若白髪というから、引っ込み思案になる。福白髪と呼んだらいい」

いつぞや、別の若い友人に、よそからのもらい物を「お福分けだよ」と言って渡したら、その品物より、「お福分け」という言葉を喜んだ。

「そんな言葉があるんですか?」

「もちろん。お福渡しとも言うよ」

「お裾分けとは言いますよね。でも、お裾分けじゃ、いただくほうはありがたみがありませんね。お福分けの方が、はるかに美しい」

「福という語が、めでたいせいだろうね」

「これから何にでも福をつけて呼べば、幸せな気分になるんじゃありませんか。福茶、福豆、福笑い。福の神。福の字のつく言葉は、たくさんありますものね」

「福分《ふくぶん》」という言葉がある。運のよい天分、あるいは幸せに恵まれる生まれつき、というような意味である。

幸田文さんの短編集『黒い裾』に、「雛」なる一編が収められている。

わが子の初節句に、雛人形を飾る。少々気張って調えた。里の父と、夫の両親を招いて、お祝いをした。さて、その翌日のこと、「私」は実父に呼ばれる。何事か、と駆けつける。父は娘にこう説教する。「お前は尽《つく》しすぎる」

そして、こう続ける。

「人には与えられる福分というものがあるが、私はこれには限りがあるとおもう」

お前は子どもの為に人形に金をかけたというが、あれだけ尽して子の何になったか。「驕《おご》りとはものの多寡でなく使いかただ」あの飾りは子に分不相応で、お前は子どもの福分を薄くしたように感じられる。

「私」は父に、お姑さんにひと言謝っておくほうがいいだろう、と助言される。「私」は仰せに従う。お姑さんは、こう言うのである。

「そう。あちらのおとうさんには、しすぎたと云って叱られましたかね。私はまた、しすぎたというより、残しておいてもらいたかったという気がしたんですよ」

完ぺきにできあがっていては、祖母の心の入る余地がない。足りない物があれば、来年、雛の買い物をし、孫に贈る楽しみがあるのに、欠けがないのは寂しかった。

人の人への、このような思いやりの言葉は、昔はあたりまえであったのに、現代では小説の中でしか聞けなくなった。福分、という語の優しさ。この言葉が日常に使われるような時代であってほしい、と思う。

『ゆう&ゆう』二〇〇八年一月号

江戸言葉

床屋さんに行くと、中学生と覚しい男の子が終るところだった。主人が愛想よく送りだす。男の子は黙って金を払い、一言も口をきかずに出ていった。

「今の子は皆ああですよ。口をききません」主人が苦笑した。

黙って入ってきて、何も言わずに椅子に座り、頭を調えさせ、無言で帰っていくそうである。もっぱら主人が話しかけ、鋏の入れ方を聞く。どのような形にするか？　と問いかけるのでなく、こうする？　それとも、こんな風にする？　と相手が選択できる言い方を用いる。相手は頭を横か縦に振るのみである。言葉で説明させるような問いかけをすると、うるさがって来なくなる。

見知らぬ人に話しかけられたら警戒せよ、と教えられて育った世代なのだろう。行きつけの店でも気を許さないのである。

「いやいや、あの年頃は恥ずかしいんですよ。年上の人と会話をするのが」主人が笑った。

「どういう返事をすればよいのか、とっさに出てこない。それで、だんまりを決めこむ」

中学生に限らない。近頃はいい大人でも、時候の挨拶が満足にできない人が多くなりましたよ、と言う。「今日はえらく寒いですねえ、と話しかけても、うん、でもなければ、違うでもない。つい、身構えてしまいますよ」

山歩きを趣味にしている人からも聞いた。山道ですれ違う際、挨拶するのが山の礼儀というが、こちらが声をかけても無言の者が増えたらしい。その人は、個人商店の衰退と関連ありそうだ、と推測を述べた。話しかけられるのがいやだから、スーパーや自動販売機を利用する。個人商店は閑古鳥である。

私の住む町も次々に、なじみの店が消えていった。威勢のよい売り声が、いつの間にか無くなり、町は何だか町のようでなくなった。物を売る店はあっても、売り声の響かぬ商いばかりである。客との対話がなくとも、成り立つ商売なのだ。現代人は、人とのむだ話をいやがるようになった。かくて言葉というものは、ますます貧弱になり、減少していくだろう。

亡くなられた評論家の山本夏彦氏の著書『男女の仲』に、東京語で今は遣われない一例に、「あたじけない」を挙げている。若い女性が、「かたじけない」という意味か、と聞き返す。「いや違う。ケチというほどのこと」と教える。山本氏は東京根岸の生まれで、母堂は日本橋の商家の人である。

山本氏と雑談した折、「ざっかけない」という語が、氏の口から出た。私が初めて耳にする語彙である。やはり江戸東京語で、粗野である、という意味らしい。

「あたじけない」や「ざっかけない」が、どうして死語になったのだろう?「たぶん、会話がはずまなくなったせいだろうね」と氏は答えた。氏は書いている。「江戸の町人はまじめな話を真顔でするのを野暮だと恥じた。すべてを茶にした」

時代は移って、「まじめな話」は「真顔」でするのが正しい、と誰もが思うようになったのである。江戸の世の庶民の娯楽は、至って少ない。会話は楽しみの一つだったろう。気のきいたセリフを発するのが、生き甲斐だったに違いない。相手を笑わせ、感心させる。それでムダ口や洒落言葉が、大いに飛び交ったのだろう。語彙も豊富だった。ということは、人とのコミュニケーションがスムーズだった証拠だろう。江戸期は犯罪が少なかったというが、言葉による意思の疎通がうまくいっていたことも理由に挙げられないか。近頃の世相を見るにつけ、言葉で表現できない人たちが、もどかしがって短絡的な行動に走るのではないか、と思われてならない。言葉の面白さを何かの形で示せないだろうか。また言葉で人を元気づけたい。そう考え、ある日、こんな詞を作った。歌謡である。タイトルを、「江戸ことば一心太助」とした。括弧は、言葉の意味である。

「てやんでエ　べらぼうめ　切った張ったは　世の習い　惚れた腫《は》れたは　恋の常　あたぼうよ（当り前よ）口も八丁　手も八丁　生きがいいから　棒手振《ぼてふ》り稼業　〝女の声〟魚屋《さかな》さあん　かっちけねえ（かたじけない）へい。真鯛《まだい》に黒鯛　黄鯛《き》に花鯛《はなだい》　ありがたいの潮汁《うしおじる》」

「親に貰った名は太助　腕の文字《もんじ》は一心白道《いっしんびゃくどう》　喧嘩っ早いのが玉に傷　雑魚《ざこ》は盤台《ばんだい》の外《そと》

ふんぞり返ったりゃんこ（二本差し。武士）が相手　腹黒《はらぐろ》あきんど　袖の下役人　木《こ》っ端《ぱ》大名　じっぱひとからげ　悪態もくたい　ざっかけない　喧嘩太平《たいへい》　気まま八百　〝女の声〟魚屋さあん」

「ええ、ご新《しん》さん（ご新造）お久しゅう　何と　おみそれしやしたぜ　めっぽう界　脂《あぶら》がのって今が旬《しゅん》　魚でいうなら鼻笛鯛《はなふえだい》　潤目《うるめ》　縞鯵《しまあじ》　太刀《たち》の魚《うお》　こいつア強敵《ごうてき》　おつりき（乙だ）とっけもない（途方もない）〝女の声〟ナマリは無いの？　おあいにくさま　猫のまんまは　猫に小判で　間尺《ましゃく》に　合わねえ（割に合わぬ）まっぴらごめんなさい〝女の声〟ちょいと魚屋さん」

「へい毎度ありィ　恐れ入り豆はじけ豆　ごきんとさん（支払いが義理がたい）でございます　南無三宝で　のんこのしゃあ　何事もこれ運ぶ天賦《てんぶ》　お天道様《てんとさま》の思し召し　曲った事は根っから好かねえ　娘の恋はまっつぐだから気持いい　鯉は鯉濃《こいこく》　洗膾《あらい》になます　鮎は蓼酢《たです》で　山女《やまめ》は味噌焼き」

「ずいぶん　おやかましゅう　あばよ芝よ金杉《かなすぎ》よ」

『群像』二〇〇八年二月号

おてんと様

島根県松江の中学教師に赴任したラフカディオ・ハーンは、夜明け前、ドスンドスン、という地響きで目がさめた。あとでわかったのだが、それは米屋が米をつく音であった。次に、寺の鐘が鳴り、やがて、いろんな物売りの声が聞こえてきた。

ハーンの下宿は、川の近くにあった。最初はそちらから、やがて、あちこちから柏手《かしわで》を打つ音がし始めた。ハーンは窓を開けて、のぞいて見た。折しも、朝陽がのぼるところである。町の人たちが、太陽に向って拝んでいるのであった。川を行く舟からも、柏手の音がしたという。

明治二十三（一八九〇）年のことであった。「お天道様《てんとさま》」信仰は、この頃、松江だけでなく、全国で当り前に行われていたと思われる。一日の、最初の挨拶みたいなものだったろう。太陽に今日の無事を祈って、それぞれの稼業を始めるのであった。

明治七年に創刊された読売新聞は、「俗談平語」を旗じるしにした。世間話を、普通の言葉で語るのである。その頃の新聞は、男のインテリのみを読者にしていたから、漢語まじりの威圧的な文章が幅をきかせていた。読売は、女性を主とした普通の人々を相手にしよう、としたのである。漢語には、すべてルビを施した。当時の人たちが日常口にする言葉を用いた。たとえば、裁判は「おさばき」で、路傍は「みちのわき」、賞典は「ごほうび」という塩梅である。十一月二日の創刊号に、「太陽」という語が見え、「てんとうさま」と仮名が振られている。この言葉は、全国共通だったのだろう。

筆者が上京する時、母親が、「おてんと様に顔向けできないような真似だけは、しないでおくれ」と言った。おてんと様は何事もお見通しだからね、とも言った。

東京に住んだのは昭和三十四年だが、その当時、毎朝、陽を拝む人は、まだ見られた。老人が多かった。江戸のなごりをとどめる下町だったからか。柏手を鳴らす人はなく、静かに拝礼していた。

次第に、太陽を見ることが少なくなっていった。スモッグである。人体に悪い影響を及ぼす、と問題になった。何より一カ月の半分近く太陽が遮られ、陰気で息苦しい都会生活であった。年表を見ると、昭和三十七年に「スモッグ」が流行語となり、この年の十二月は、十四日間も東京の空はスモッグにおおわれた、とある。

健康に害を与えたと同時に、人の心を煤だらけにしたようだ。おてんと様という言葉が、遣われなくなったのは、この頃からであるまいか。おてんと様に恥じるふるまいを、平気でする輩が増えた。

「おてんと様に申しわけない」「おてんと様は正直」「おてんと様は何もかもご存じ」など会話できかれることもなくなった。

私の母は、太陽に柏手を打ち拝礼していたわけではない。おてんと様という言葉を口にしていただけである。母には、神さま、仏さまの罰が当るよ、という程度の軽い言葉だったろう。

そういえば、「罰当り」「罰が当る」という言葉も耳遠くなった。罰当りばかりの世の中だから、死語になったのだろう。

死語になるのは、おおむね、良い言葉が多い。悪い言葉は、いったんは消えてもまた、生き返る。したたかなのである。

バブル時代に盛んに用いられ、バブル時代が終ると同時に「死んだ」はずの言葉が、ここにきて蘇生している。金に関する言葉である。「さもしい」という、なつかしい言い方が、なつかしくなく、ずっと当り前に遣われてきたかのように、しきりに口の端《は》に上《のぼ》る。おてんと様に顔向けできないような時代が、またぞろ、やってきたようだ。

おてんと様といえば、近頃、「様」を付けた言葉を、あまり聞かなくなったのではないか。

「ご退屈様」「いずれも様」「お世話様」「お互い様」「おあいにく様」「お蔭様」「お粗末様」「お待ち遠様」

東京に出てきたばかりの頃、ある家に品物を届けたら、上品な中年の婦人に、「おはばかり様」と挨拶されて、面くらった思い出がある。生まれて初めて耳にする言葉だった。

お世話様、という意味である。

今わずかに、「ご苦労様」「お疲れ様」という挨拶が、日常、交わされているくらいだろうか。

「ごちそうさま」は、どうなのだろう。

この間、テレビを見ていたら、親子四人が黙々と食事をとっている。「いただきます」も無ければ、「ごちそうさま」も、無い。

もっとも、食べている物が、インスタント食品である。これでは、「いただきます」も、「ごちそうさま」も無いだろう。繊細な感情が、言葉を選ぶのだとわかる。

『文藝春秋』二〇〇五年十二月号

ことばの玉手箱

本の数だけ学校がある

第百四十四回芥川賞（二〇一〇年下半期）は、男女の二人が受賞した。女性は慶応大学院生で、男性は中学卒のフリーター、と報道された。

中卒は、珍しい。この学歴の芥川・直木賞受賞者は、私と村田喜代子さんしか見当らぬ。私が中学を卒業したのは、陛下がご結婚をされた昭和三十四年だが、当時は中卒者の「集団就職」はなやかなりし頃で、私たちは「金の卵」と称された。卒業者の半分は就職希望者だが、求人の方がはるかに多かったのである。工員や商店員が大半であった。私は「書店員」に応募した。

私の村から十六キロ離れた隣町に、老舗の書店があり、日曜日には友人と自転車を走らせて訪れた。店頭の雑誌を立ち読みするのである。私たちのような子どもが入口を塞いで、大人の客が入れず、奥の主人に文句を言っている。その時、主人が、いいのよ、あの子たちは、うちの将来の客なんだから、と軽くいなした。私は主人の言葉に感動した。

本屋は人を差別しない商売だ、と思ったのである。私のような貧しい少年も受け入れてくれる。買わない客はお断り、と遮《さえぎ》らない。大きくなったら本屋になろう、と決めた。

そこに「書店員求ム」だったから、無条件で飛びついた。さいわい、採用された。かくて、私は東京下町の書店に就職した。

その書店が隣町にあったような新刊店でなかったのは、少なからぬショックであった。田舎の少年には古書店など想像したこともない。古色蒼然とした本が天井まで積まれている。薄暗くて、客の姿が無く、寒々しい。何だかこの世の商売とは、とても思えない。私はガッカリしてしまった。

半年ほどは、一向に落ち着かなかった。古本屋は本を読むのが商売だから、店番をしながら読め、と主人に言われたけれど、中卒の少年に読めそうな本が無い。休日は月に一日である。私は地図で探して、日比谷公園内にある図書館に出かけた。閉館まで、ここにいた。店と違って、居心地がよいのである。そこにいる者が、私と同い年くらいの学生だったせいもある。皆、熱心に勉強していた。彼らを見ているうちに、私も学生になりたくなった。

おそるおそる主人に頼んでみた。夜間高校に行かせてほしい、と訴えたのである。主人が商売上、それは無理だと首を横に振った。そして、こう言った。「この店が学校と思えばよい。本が教師だ。いい教師がこれだけいる。本の数だけ学校があり、教師がいる」

ヒエモンごめん

上京して、何よりショックだったのは、東京人が何を言っているのか、意味がよくわからないことであった。早口で、聞きとれない。録音テープを早回しで再生しているようである。

十五歳で古本屋の店員になった日の晩、先輩が銭湯に連れていってくれた。裸になって、いきなり浴槽に入ろうとして、注意された。この先輩は東京本所《ほんじょ》の生まれである。巻き舌で、ヒモユを使わなくちゃいけないよ、と言う。ヒモユ、がわからない。下湯《しもゆ》である。シとヒの発音が逆なのは、東京人の特徴であった。まず腰から下を洗って、それから浴槽に入れ、というのである。覚えときなよ、常識だよ、と言われた。

先輩はついでに入浴の作法を教えてくれた。体に湯をかける時は、左右と背後の客に、しぶきがかからぬよう、勢いよくぶちまけないこと、勝手に湯を薄めず、必ず周囲の客の同意を得ること、ぬれタオルを振らぬこと……。

銭湯に入るのは、生まれて初めてだった。団体生活のきまりを、教えられた。これは人の多い都会で生きていくための、ルールでもあった。自分のことより、他人の気持ちを思いやらねば、嫌われ者になってしまうのである。

この夜、もっとショッキングなことがあった。湯舟に首まで浸かっていたら、八十近い老人が、私の目の前で入念に下湯をすませたあと、私に向ってこう言った。

「ヒエモンだよ。ごめんよ」

そして、ゆっくりと湯舟の縁をまたいだ。

ヒエモン？　何のことだろう？　先輩に尋ねてみようと思ったが、何だか笑われそうな気がしてやめた。

店に戻って、こっそり辞典を繰ってみた。本屋だから、あらゆる辞書が揃っている。『広辞苑』でヒエモンを引いた。ヒエモンは無かったが「冷え物」の項に、「冷え物でござい」という用例が出ていた。江戸時代、銭湯の浴槽へ入る時の挨拶の言葉、とある。自分の体は冷たいから、少しばかり湯を薄めることになる、ごめんなさいよ、という意味らしい。

「冷え物ごめん」とも言ったようだ。ヒエモンは訛《なまり》だろう。私は、うなるほど感じ入った。これぞ、都会の言葉だ、と思った。これも先輩の言う、入浴作法の一つだろう。

「ヒエモンだよ。ごめんなさい」

いつか自分も使ってみたい。そう願いながら、まだ試していない。田舎の訛が抜けていないから、ちと気恥ずかしいのである。

がんばる

「がんばろう、日本」「がんばろう、東北」という文字が、あふれている。

福島の避難所に、「がんばっぺ」という掲示があった。がんばろうや、という方言である。

私が生まれ育った茨城県でも、がんばっぺや、がんばっぺよ、と言っていた。がんばろう、という標準語よりも、あたたかみが感じられる。がんばろう、は、何だか押しつけがましい響きがある。がんばっぺ、で育ってきたせいかも知れないが、仲間という気さくさを感じない。ところで、がんばる、という言葉は、いつ頃から用いられているのだろう?

「がんばっていきまっしょい」というタイトルの、女子高生ボート部員が活躍する映画があった。一九七〇年代初め頃、「がんばらなくっちゃ」という言葉が流行した。

がんばる、がんばれ、が流行語になったのは、もっと古くて、一九三六(昭和十一)年夏の、ベルリンオリンピックの際だろう。

女子二百メートル平泳ぎで、前畑秀子が優勝した。これをNHKラジオで放送したのは、河西三省《かさいみつみ》アナウンサーである。「前畑がんばれ、がんばれ」と連呼した。後半だけで実に三十六回、この言葉を繰り返したという。ラジオを聴く者は、まるで自分がプールのそばで観戦している思いだったそうで、「名放送」の一つに数えられている。

がんばれ、という言葉を、日本人の誰もが理解していた。ということは、その頃の誰もが知って使っていたわけだ。では古い言葉か、というと、それ以前がはっきりしない。たとえば、夏目漱石の小説には、一言も出てこないのである。明治時代には使われていなかったのではないか、と思われる。

江戸語の辞典に、がんばる、はあるが、眼張ると書き、両眼を大きく見開く、転じて見張りをする、また、目をつける、狙うことの意味と出ている。私たちが現在使っている「がんばる」とは、明らかに異なるようだ。もっとも、前畑の例のようにスポーツ界で用いられていたと推量すれば、もっと目を開いて相手をよく見ろ、と応援しても不自然ではない。

言語学者の金田一京助は、我張るという語の東北的発音から出ていると語ったらしい(秋永一枝編『東京弁辞典』)。金田一は岩手県の出身で、石川啄木の親友である。啄木の歌を調べたが、見当らぬ。しかし、「がんばろう、東北」は、理に適った使い方なのかも知れない。

ソバでも手繰ろう

「東日本大震災」の被災地をお見舞いなさった皇后美智子さまは、避難所のお年寄りの手を取られ、「よく耐えてこられましたね」とお声をかけられた。これに増さる、慰めの言葉があろうか。

某紙から、被災者のかたがたに、励ましの一言をいただきたい、と頼まれた。私は文章をつづってなりわいにしている者である。いわば、言葉のプロだ。それなのに、どうしても、激励の一言が出てこない。プロだから気のきいた文句を、と考えたのではない。何を言っても、空々しい気がして、だめなのだ。いざとなると、言葉くらい無力なものはないのではないか、と思う。

そんな折、皇后の慰めのお言葉をお聞きして、深く感動した。相手に寄り添う心なのである。寄り添った時に、自然に口をついて出る言葉は、ごく当り前の言葉なのである。当り前だから、いいので、気負わない言葉だから、しみじみと感じ入るのだ。

皇后に、『橋をかける』という書名のご著書がある。「子供時代の読書の思い出」をつづった、大変すばらしい内容の文章だが、少女の頃、兄上の蔵書の少年向き探偵小説や時代小説、ユーモア小説を、大いに読まれた、とある。

特筆すべきは漫画を好まれたことで、愛すべき二ひきの鬼が主人公の『赤ノッポ青ノッポ』をくり返し楽しまれ、「かなり乱暴な『鬼語』に熟達しました」とある。「鬼語」とは、こんな言葉である。「見て下せえ」「いやでがすよ」「へーイ、コンチャア」

少女の美智子さまが、ごきょうだいたちと「鬼語」で会話していたかと思うと、何だか、ほほえましいではないか。

大体、子供の頃は（いや、子供と限らないが）、漫画や映画や小説の影響を受け、皇后のような体験をした覚えがあるはずである。

私も十代の頃、江戸弁に凝ったことがある。店員時代で、客に田舎なまりを笑われたことが、きっかけだった。東京言葉を習得しなければ、一人前の商人になれない、と思い詰めた。どうせなら、いっそ、本格的な江戸弁を身につけよう、と取り組んだ。どうやって学んだかというと、時代小説をせっせと読んで、江戸弁なるものを覚えた。「何しろ腹がへってきた。そこらでソバでも手繰《たぐ》ろう」（『半七捕物帳』）というような口調である。ある日、調子に乗って客に披露したら、どこの江戸弁かと笑われた。声の抑揚が、田舎丸だしだった。小説では抑揚は学べぬ。

年勾配

老いは、ある日、突然やってきた。すぐに、立ち上がれない。歩行が容易でない。全く走れなくなった。あえぎつつ病院に行く。結果、加齢によるものです、と気の毒がられた。寄る年波とあっては、仕方がない。自分は老人なのだ、と潔く認めることにした。

町会の掲示板に、「敬老会入会のお勧め」が出ていた。六十五歳以上のかた、とある。それより二つ上の筆者は、立派に入会有資格者である。しかし、どうも敬老会という名称が気にいらない。老人と自認してはいるが、老人と呼ばれたくない。

敬老会の始まりは、わが国平安朝文学に影響を与えた唐の詩人、白楽天の提唱によるという。わが国では貞観年間（東日本震災と同じ規模の大地震と津波があった約一千年前）に貴族の間で行われたらしい。敬老会といわずに、尚歯会《しょうしかい》と称した。尚歯《なお》があるぞ、という意味でなく、歯は年齢のこと、年を取った人を尚《たっと》ぶ、敬うことである。明らさまに老人を敬うというより、尚歯という方が、おもむきがあるではないか。尚歯会に入会しませんか、と誘われたら、二つ返事で入りたくなるのではあるまいか。物は言いよう、である。

後期高齢者、と呼ばれて、嬉しくなる人がいるだろうか。あまりにも人間を蔑視した名称である。

江戸時代は、老いた者を「年勾配《としこうばい》」といった。勾配は、傾斜していること。「勾配がぬるい」という言葉があった。これは、物事の判断がにぶくなること、とっさの機転がきかない、つまり、年勾配になったのである。年齢が傾斜してきたのである。後期高齢者より、はるかに気がきいている。昔の人の方が、よっぽどセンスがあった。洒落っ気もある。

厄年《やくどし》の者は、正月祝いを二度行った。数《かぞ》えで年を重ねた昔は、生まれた年を一歳とし、以後は正月を迎えると一歳を加えて数える。誕生日をもって一歳と数える今の満年齢と違い、実に年勘定が明朗である。そんなだから厄年のがれに、元日を二回迎えたわけである。簡単、「新年おめでとうございます」という挨拶を二日目も繰り返すだけ。これで一歳年を進めた形になる。昔の人の機転と洒落には、感心してしまう。

新聞の読者川柳欄に、こんな作品が載っていた。「イチローにもやっぱり忍び寄ってきた」名張市の毎熊伊佐男さんの投稿。天才大リーガー・イチローといえども、年勾配は避けられぬのである。

能天気とは江戸語なり

「惨暑お見舞」状をいただいた。残暑の書き違いではない。洒落である。なるほど、むごいような暑さ続きだ。

「熱暑お見舞い申し上げます」という文言の、ハガキもあった。実感、である。

このかたは、自作の川柳を添えられていた。

「心頭は常に滅却《めっきゃく》能天気」

能天気は、イイ天気でなく、ノウテンキと読む。軽薄とか、いいかげんとか、あっけらかんとしている様をいう。若い人には耳遠い言葉かも知れない。筆者のような年輩者は、「自分には能天気なところがあるから」などと使ったものだ。

俗語だろう、と思い、念のため『広辞苑』を開いたら、驚くべし、ちゃんと出ていた。「脳天気とも書く」とある。意味は先のようなことの他に、生意気とか、向う見ず、物事を深く考えない、などの意があるらしい。

それより驚いたのは、この言葉が現代語でなく、江戸語であることだった。江戸時代の人たちが、口にしていたのである。意味は変らぬ。『広辞苑』には、江戸川柳が紹介されている。「声色《こわいろ》で高座《こうざ》を叩《たた》く能天気」。

見舞状の「心頭は常に滅却」だが、これは昔の偉い禅僧の語を引用している。「心頭を滅却すれば火も涼し」で、要するに雑念さえ無ければ、猛火も熱くない、という意味である。明治の文豪・幸田露伴はこの偈《げ》に、「とはいへ夏の日ざかりの汗」と付けて狂歌に仕立てた。

というわけで、こんな即興句を記して、「熱暑見舞」の返事を出した。

「能天気とは江戸語なり秋暑し」

秋暑なんて語は無いと思うが、暦《こよみ》の上ではすでに秋なのに、夏のように暑いんだから実感の造語である。

折り返し、返事の返事が来た。

「こんな川柳があります。『大都会水汲《みずくみ》までもつるべ銭』、水汲むのにも桶一ついくらと金を取られる、さすが大都会だなあ、という川柳ですが、これ、江戸っ子の作品なのです。大都会なんて言葉が使われていたなんて、江戸時代をあなどれませんよ」

そこで返事の返事の返事を書いた。

「江戸語に『走り知恵《ぢえ》』というのがあります。先を見通す知恵、です。『走り夫婦《みょうと》』という語もあります。駆け落ちして一緒になったカップルです。駆け落ちより、洒落た言い方だと思います。もう一つ、『銭上戸《じょうご》』、これは金に執着する人。我々はさしずめ『銭下戸』

でしょうか」

風の中の羽のように

「女ごころと秋の空」と言ったら、「失礼ね」と女性に怒られてしまった。「本当は男ごころと秋の空よ」と違う女性に言われた。

どちらが正しいのだろうか。意味は、変りやすい、ということである。

頴原退蔵著・尾形仂編『江戸時代語辞典』をのぞいたら、「秋の夜と男の心は夜に七度変る」という諺（?）が出ていた。七度は、たびたび変化する、の意味と思われるが、秋の夜がそんなに変るものなのか。それはともかく、秋の空と人の心を結びつけた語は、この辺が原典だろう。女ごころでなく、男ごころの方が、正確らしい。

ところで、藤原義江が歌って一世を風靡した「女心の唄」（リゴレット）をご存じだろうか。堀内敬三が訳した歌詞の最初は、こうだ。「風の中の羽のように、いつも変る女心」。これ、実に古い古い歌で、何と大正七年、九十三年も前の歌詞である。「風の中の羽」が、よくわからない。風に吹かれている鳥の羽が、どうして常に変るのだろう？ 先に筆者は、「一世を風靡した」と書いた。この常套句の「風靡」は、風が草木をなびかせることである。転じて、多くの人を従わせる意味に用いられる。風になびく草や木は、葉の裏を翻して、いつもと異なる姿や色を見せる。でも、鳥の羽は、そんなに一変するものだろうか。

大体、風に吹かれている鳥の姿を、あまり見た覚えがない。

ある人にこの話をしたら、風の中の羽というのは、風見鶏のことかも、と教えられた。たぶん、そうだと思いますよ、と実はこの人も自信が無さそうである。西洋の寺院のてっぺんには、鶏を形どった風見が立っている。風の方向を知るための装置である。なるほど、風見鶏の羽なら、風が吹くたび、くるくると動く。つまり、変るわけだ。

そして何気なく、前記の辞典をめくっていたら、「風見の烏」という項目が目についたのである。江戸の町に風見板が用いられていたのだ。棒の先に鳥の形をした板を付け、「くるくると風で風知る風見板」、カラスの形が多かった、とある。

「風見の烏」は、よく回ることとの形容の他、つんとすましている、お高くとまる、という比喩に日常会話の中で使われたらしい。別に男女に関係なく、用いられたようである。

それにしても、だ。風見の烏を屋根につけていた江戸人は、どんな人なのだろう？　毎日の風向きを知る必要のある人とは？

酔っぱらいの真理

「生きてゐる事を賀状が知らせて来　笑人」

まさにその通り、そこに年賀状の存在理由がある。元気で過ごしていることを、ひとこと知らせるために、私は毎年出している。

年賀状が大好きなのである。書くのも好きだが、もらうのはそれ以上に好きなのだ。賀状だけは正直で、こちらから出さねば、相手からもらえない。

毎年、さて、来年はどんな図柄の賀状にしようか、と考える。夏が終る頃から、頭をひねっている。これも楽しみの一つなのだ。その年の干支に因んだ絵や文案を用いるのだが、今年（二〇一一年）は例年になく悩んでいる。一向に、決まらない。

まず、挨拶の文言である。「おめでとう」は、いかに何でも無神経すぎるだろう。東日本大震災や、原発の事故がある。亡くなられた方や、被災者の苦労を思えば、「謹賀新年」「頌春」「賀正」でもあるまい。

では、何と書けばよいだろう。

二〇一二年の干支は、辰である。辰に掛けて、坂本龍馬に登場願おうかと考えた。龍馬の似顔絵を大きく描く。そこに龍馬の言葉を記す。「人誰か父母の国を思ハざらんや」

これ、龍馬の手紙に出てくる語である。日本に生まれて、日本の国を愛さぬ人間がいるだろうか。愛国の情、自分は人後に落ちないつもりである。龍馬の署名に似せて筆で書く。龍の字だけ、朱墨で書いて、干支の辰を強調する。

もう一つの案は、冒頭の川柳である。川柳家として著名な岸本水府《すいふ》に登場願う。水府という号の由来である。昔、「水府」というタバコがあった。水府はタバコ屋さんに生まれた。いや、これは命名の理由と違うようだ。タバコ屋さんのむすこは事実だが、彼の本名に由来するようだ。「龍郎」という。筆者はタツロウだが、彼はタツオ。この龍から、浦島太郎伝説に出てくる龍宮を連想し、水の都の意味の水府を号にしたらしい。

水府の作品を借用したいのである。それは、「酔つぱらひ真理を一ついつてのけ」という句である。正月に関係あるのか、と問われれば弱るのだが、まあ、酒が縁あると言えば言える。酔っぱらいの放言する真理とは何か、と聞かれてもこまる。川柳は理屈ではない。

これをどのように年賀状に表現するか。水府の本名を干支にこじつけるとしても、どう説明するか。私は今楽しく、大いに悩んでいる。

『公明新聞』二〇一一年一月三十日〜十一月二十七日

献寿

　年賀状が好きで、もらうのも差し上げるのも楽しい。もっとも、年賀状だけは、こちらから出さないと、もらえない。

　暇を見ては、せっせと宛名を書いている。初めて出すかたも、いる。いただいた名刺を見ながら、書いている。郵便番号のないアドレスがあった。名刺で、これは意外だった。お若いかたである。思うに、手紙など書いたことがないのだろう。手紙を書く人なら、郵便番号に無関心なはずがない。ケータイやホームページのそれは印刷してある。たぶん、この人は年賀状のやりとりなどしないのだろう。ケータイで行うのだろう。そういう時代なのだ、とわかっていても、手元に筆跡の残らぬ新年の挨拶など、どこがありがたいのか、昭和のオジサン世代には、測りがたい。

　年賀状の文言は、いわゆる決まり文句である。謹賀新年。賀正。頌春。賀春、迎春。あけましておめでとうございます……

　こういう文句は、一体だれが考えたのだろう？　最初に用いた人がいるはずである。ステキだ、面白いというので、ひろまったのであろう。私も右の文言を、とっかえひっかえ使っているが、いつか使おうと思い、大事にしまってある言葉が標記のもの、太宰治の「虚構の春」で見つけたのである。この作品は、太宰治あての手紙を、師走上旬から下旬まで並べた形式で、本物の手紙の間に、創作のそれが巧みに挿んである。最後は、年賀状の文言となる。「献寿」は、長寿を祝って品物や言葉を贈ること。耳なれない語だから、使いづらい。若い人は、とまどうだろう。

『体文協ニュース　TOMO』No.596　二〇一二年十二月十五日

二月二世を望む月

「二月逃げ月」という。この言葉を実感したのは、商売をしていた時だ。「ニッパチ不景気」といい、二月冬枯れ、八月夏枯れで、よろしくない。金が入らぬところに、二月は他の月より日数が短い。月末が近づくにつれ、まるで逃げていくように一日が終り、日付が変る。支払うべき金の工面を考えると、あと二日三日あればなあ、と切実に思う。本当に一日でもよけいにあればなんとかなるのである。

今年（二〇一三年）は巳年で、蛇は金のたまる縁起のいい象徴らしい。そういえば、昔は蛇の抜け殻を財布に収めている人がいた。しかし、好き嫌いのはっきり分かれる爬虫類ではある。

今年の賀状の図案をどうするか。蛇は描きたくない、とカミさんが拒否した。干支に囚われることはなかろう、と一決した。誰もが気分よくなれる動物を描こう。犬や猫はありきたりだ。そうだ、パンダがいい。座って竹を食べているパンダをハガキ一杯に描く。松竹梅の竹だから、正月にふさわしい。竹の部分だけ緑の絵の具を塗る。賀正の二文字は朱の色を塗る。ひとこと、文句を添えよう。パンダの絵だけでは、年賀状とどういう関係があるのか、不審がられる。

そこで、こんな文言を書きつけた。

「パンダのエサは笹。人間さまの正月はササ（酒）」

中国では酒を竹葉と称する。そこから日本語で「ささ」（笹）というらしい。

パンダの絵は簡単だ。体も頭も尾も耳も、まん丸く描き、両眼を垂れ眼にし黒々と塗れば、上手も下手もない、誰が見たってパンダだ。

果して、どのように受け取られただろうか。

まっさきに返事を下さったのが、Kさんだった。私たちは、ああ、やっぱり、と手を打った。たぶん、Kさんが一等最初に私たちの賀状を歓迎してくれるだろうと、予測していたからである。何しろKさんは、私たちの知る人の中で、「パンダ命《いのち》」の最たる女性だった。寝てもパンダ、さめてもパンダ、パンダで明け暮れている人、といって過言でない。

しかし、毎日、動物園通いをしているわけではない。インターネットの、上野動物園のパンダ舎中継を、日中ずっと流している。パンダのグッズを集め、本や写真集を収集し悦に入っている。パンダの話をしていればご機嫌という他愛ない、愛すべきファンなのである。

高校生の時に出会った「カンカン」「ランラン」以来のパンダファンで、結婚のきっかけが、映画館で見たアニメの「シュンマオ物語・タオタオ」というから、この人とパンダは切っても切れない。何でもこの映画のラストシーンに（パンダのタオタオが雪の中で死ぬ）、声を上げて泣いてしまい、恥ずかしくなって隣席をそっと見たら、男友達もボーダと涙を流し嗚咽《おえつ》している。ああ、この人と結婚しよう、と即座に決意した。

二〇一一年二月に、リーリーとシンシンが上野動物園にやってきた。公開予定日前に、あの地震である。Kさんは家族とパンダの安否を気づかった。四月一日に改めて公開が決定し、Kさんは当日、長蛇の列に加わった。昨年（二〇一二年）の二世誕生のニュースにはお赤飯でお祝いした。しかし、六日後の訃報には失神寸前のショックを受け、数日間は食事が満足に取れなかった。

「今年はうまくいきそうな予感がするの」Kさんが、はずんだ声で電話を下さった。

「きっとかわいい二世が生まれて、すくすくと育つわ」

急に、いつだったか、あんた二月は逃げ月と言ったよね、と言い出した。Kさんは私よりも十歳も年下だが、古いつきあいなので、お互いため口をきく仲だ。

「ああ、あれは商売のことだよ。二月逃げ月、憎い月」

「パンダにはね、二月二世のきざす月だと思うの」

二月頃から五月頃までが恋の季節という。シンシンが地べたや立木に、しきりにお尻をこすりつける、「においつけ」行動が始まると、恋のシグナルだ。

「二月二頭のにおいつけ」私がまぜ返すと、Kさんが、「二月ニコニコ笑う月よ」とご機嫌に笑った。

それが御用始めの日の夜、血相変えたような電話をよこした。

何でも急にご主人の外国転勤が決まったのだという。

「昨年の夏ごろから話はあったのよ。でも決まるのは、ずっと先だと思っていた。勝手にそう考えていた私がうかつなんだけどね。ええ、東南アジア。まあ、近いといえば近いけど。心残りはリーリーとシンシンの二世よ」

しかし、出産に立ち会うわけでないし、おめでたのニュースは、どこにいたとしても伝わるはず、お祝いはできる、と慰めると、Kさんが、そうね、とあっさりうなずいた。まず夫婦が二月なかばに赴任するという。「二月日本逃げる月よ」Kさんが笑った。

『うえの』二〇一三年二月号

終りの挨拶

始めがあれば、終りがある。生命に限りがあるように、これは真理である。終りは次の、新しい始まりである。そう考えれば、ものごとのエンディングを、ナーバスにとらえることはあるまい。まして悲しむのは筋違い、来るべき新天地への出立をお祝いすべきだろう。初発と掉尾《ちょうび》は、本来、歓呼の万歳で祝福するものだと考える。

月刊誌に、「今月号の旧刊誌」という読み物を連載していた。昔の雑誌を一種紹介し、その雑誌の記事によって発行年の世相を振り返る、という内容である。明治元年から今日まで、何十万種もの雑誌が出ている。それぞれ個性がある。種類の数だけ、ドラマがあるわけで、連載は一万回続けても種切れにならない。まさか、そうはいかぬ。始まったからは、終る宿命である。今回（二〇一三年三月号）は、どうせなら終刊号の雑誌を取り上げたいと考えた。長いこと発行していたが、何らかの理由で刊行をやめざるを得ない。編集後記に、別れの挨拶が出る。その挨拶を紹介しつつ、雑誌の意義や、読者のありかた、時代の変化などを考察してみよう、ともくろみ、終刊号を探してみた。

結果から言えば、見つからなかった。終刊、あるいは廃刊号と銘打った雑誌は、ほとんど無いのである。あるとすれば、せいぜい二、三十年前以後で（表紙にこれを売りに掲げている）、それ以前は、ひっそりと終りにしている（例外として大正期、宮武外骨が、『早晩廃刊雑誌』の誌名で、廃刊を予告した雑誌を発行している）。

そういえば、思いだした。私が古本屋の店を開いていた頃、雑誌の創刊号のみを集めている客がいた。確か、二千種ほど収集した、と語っていた。創刊号は、探しやすい。どの雑誌も、表紙に大きく「創刊号」と謳っている。「創刊特別号」などと誇らかに記している。しかし、その雑誌も、終刊の際は何も告げず（少くとも表紙には）、せいぜい、編集後記で、再会を望むなどと述べるのみである。

創刊号のコレクター氏は、同時に、終刊号も集めていた。しかし、こちらは思うように見つからぬと嘆いていた。創刊号にくらべて、発行部数が極端に少ないからである。創刊号は珍しがって多くの人が求める。終刊号を好奇心で買う人は数えるほどだろう。読者が多かったなら、簡単に終刊にしないはずだからだ。部数減が理由でなく、やむを得ず刊行を停止する場合も、むろんある。その場合は、ことさら表紙に終刊を掲げまい。「あとがき」に事情を記し、いとまごいをするだろう。

行きつけの食料品屋さんが、ある日、突然、店仕舞いをした。老夫婦が経営していた小さな店である。わが家は大したお得意ではなかったが、それでも表戸が閉じたきりの店を見るたび、何か裏切られたような気持ちである。同じ頃、やはり行きつけの豆腐屋さんが、看板を下ろした。こちらは表戸に、長い間のごひいきを感謝し、皆様のご多幸を祈る、うんぬんと挨拶状が貼られていた。ありがとう、の一言が、平凡だが終りの挨拶にふさわしい、と感じ入った。

『ツインアーチ』二〇一三年二月号

第二部

灰とタンポポの綿

【食】

松茸のご進物

鮮魚店の店先で、松茸が売られていた。某町を散策していて、見つけた。「地元で採れました」と書いてある。

「ずいぶん、安い」連れのカミさんが、歓声を上げた。「買って行きましょう」

しかし、これから、あちこちを回る予定である。「鮮魚」を抱えて歩くわけにいかない。

「ご自宅にお送りしますよ」二十代の娘さんが、当店では魚も全国に保冷便で発送している、とおっしゃった。

松茸は百グラム何百円、と表示されている。カミさんに言わせると、中国産より少し高いくらいの値だそうである。何しろ、国産である。しかも、採りたてである。お値打ちというものだろう。カミさんは知友の贈り物にしたい、と言った。ところが、数が無い。

「明日になれば入荷するのですが」娘さんが答えた。「ただ、ご希望の数量を明日確保できるかどうか、は請け合いかねます。お急ぎでなく、いつでもよろしいというのでしたら、間に合わせられます」

物が物で仕方ない。急がないし、いっぺんに人数分を送らなくてよいから、とカミさんは六人の住所氏名を記して渡した。

「六人様はご進物ですね？」娘さんが確かめ、こう言った。自家用になさる品は、お徳用になさってはいかがでしょう？　形はよくないが味に変りはない。値はずっと安い。

カミさんは喜んで、むろん、従った。

数日後、「お徳用」の松茸が送られてきた。箱に青々とした檜葉《ひば》が敷かれ、松茸が詰めてある。カミさんが見つめたまま考えこんでいる。

「これは二等品だからでしょうけど、見た目が貧しくない？　皆さんにお届けした品は、どんなものかと心配になってきたの」

「なるほど。贈られた者は、決して貧弱だとか小さいなどと、本当のことは言わないものね。むしろ、逆のことを言うだろうね」

「一体、どんな品が送られたのかしら？」

二日たって、「鮮魚店」から、六人の客に確かに届けたむねの手紙と、宅配便の控え、それに写真が送られてきた。写真は、客に送った品を写したものである。私たちは、うなるほど感心した。この心遣い。嬉しいではないか。客の身になって物を送る。

今は電話一本で贈り物ができる時代である。品物を見ずに贈っている。たとえば、生花がそうだ。どんな花が相手に届けられたのか、名称はわかっても姿を見ることができない。こういう花を送りました、と写真で報告されたら、どんなに安心するだろう。

屋根の工事も、そうである。わが家で修繕を頼んだが、どんな風に直してくれたのか、確認できない。終了しました、の報告だけでは、客は納得できない。工事前、工事後の写真を写して、客に見せるべきだろう。

最近ようやく改良されたが、日本郵政公社の「エクスパック５００」（二〇一一年十月から日本郵便株式会社となりエクスパックは二〇一四年三月末で取扱終了）の「お届け先」欄には、氏名の所に「様」が印刷されていなかった。うっかり「様」を書き忘れ、あとで気まずい思いをしたものだ。大体、伝票には「様」があるものと、誰だって思っている。この辺はまだ「省」感覚が抜けないようだ。

『たしかな目』二〇〇七年一月号

報い

食べ物で苦手なものはありますか、と訊かれた。これといってありません、と答えた。安心しました、そう言って案内された先は、猪鍋の店である。

「体の中から温まりますよ」

味噌をとかした鍋に、手際よく猪肉を入れる。煮えたのを小皿に取って差し出す。私は受け取って、食うだけである。うまい。しばらくは、ハフハフ、と熱《あつ》ものを吹きながら、黙って口を動かすのみ。猪肉は煮過ぎると固くなるというので、忙しい。

肉の皿が空になった。ここでひと息ついて、案内者が豆腐や白菜を鍋に入れた。

「シシ食った報い、と言いますよね」と急に話題を換えた。「このシシは、猪のことですよね?」

「昔は、鹿もシシと称したようですよ。鹿は、カノシシ。猪や鹿を指して、シシかも知れません」

「報いとは何のことですか?」

「さあ? シシ食った報いという諺は、悪いことをした天罰、というような意味ですから、神仏に関係あるかも知れませんね」

何かの本で、シシは肉で、報いは性病を指す、と読んだ覚えがある。

「なるほど。この店のあるじに」と声をひそめた。

「訊いたことがあるんです。そうしたら、猪を食べると良いことがある。そういう意味だと。報いは必ずしも悪いことと限らぬ、と」

「善悪応報と言いますものね。店主としては、そう答えざるを得ないでしょう」

「もうひと皿、いかがですか？　大いに食べて、良いことを期待しましょう」

「いただきます」


私の新婚旅行先は、伊豆の某温泉だった。宿の廊下に、天城山の風景と共に、猪の写真が飾られてあった。猪の子どもである。「瓜坊」と呼ぶらしい。真桑瓜そっくりの、太い縞模様がある。

「まあ、かわいい」妻が喜んだ。「瓜坊という名も愛らしいわね」

ところが夕食に猪鍋が出て、弱ってしまった。瓜坊の姿が目に残っているから、箸を取る気になれない。仕方なく、豆腐と白菜、春菊だけを煮て食べた。

「この肉をどうする？　下げてもらうにしても、何か理由を言わないと妙に思われるよ」

「猪は苦手だから残しました、で構わないんじゃない？」

「いやな気にならないかな。せっかく、もてなしてくれたのに。こっそり捨てちゃおうか」

「生ものだから、うかつに捨てられないわよ」

「それじゃ煮ておこう。捨てやすいように」

というわけで、捨てるために火を通した。肉をさまして持参のビニール袋に詰めた。明日、適当な場所で処分するつもりだった。

夜中に、目がさめたのである。空腹を覚え、さめてしまった。何しろ、野菜しか食べていない。食べる物といえば――そうだ、猪肉がある。私はカバンからビニール袋を取りだした。するとカミさんが起きだしてきた。やはり、おなかが減ってたまらないと言う。

「猪しか無い。食べる？」

「食べる、食べる」と目を輝やかせた。

私たちは小皿に肉を取り分け、夢中でつまんだ。「おいしい」とカミさんが、舌鼓を打った。「おいしいね」私も相槌を打った。

しばらくして、カミさんがクスクスと笑いだした。

「何だ？」

「だって」笑いながら、言う。

「シシ食った報い、と言うじゃありませんか。私たちのは、シシ食わなかった報いが、この姿ですよ」

「本当だね。人に見られたくない報いを受けちゃったね」

深夜にお互い声をひそめて笑いあった。

『うえの』二〇〇七年一月号

ケーキ

カミさんが秘密めかしく言う。

「今年は、ちょうど三十周年ですよ」

「何だ？」

「何だと思います？　お忘れですか」

「三十年。はて、何だろう？　三十年前というと、昭和五十二年か」

横田めぐみさんが拉致された年である。

「私たちが結婚した年でもあります」カミさんが明かした。そして、しみじみと言った。

「私たちの喜びごとの一方で、めぐみさんの悲劇があったんです。当時は全く知らなかったことでしたね」

今は自分の結婚の歳月を忘れ、むしろ、めぐみさんの不在の年数を覚えている。

「三十年という節目を祝うつもりでしたが、めぐみさんたちのことを考えると、浮かれる気になりませんね」

「そうだねえ。しかし、三十年、か」

私たちは貧しくて、ろくな結婚式を挙げられなかった。切り詰められるものは、できる限りそうして、まがりなりにも披露宴を行ったけれど、節約しすぎて宴の途中で料理が終り、飲み物が尽き、といって追加する予算が無いから、新郎新婦は雛壇でただハラハラしつつ見守るしかなかった。客は手持ち無沙汰で時計ばかり見ていた。

「せめてケーキとコーヒーくらい、用意すべきでしたね」カミさんがあとあとまで悔んだ。

「そうは言うけど、あの頃、ケーキはまだ高級品で、特に披露宴のそれは高かったからなあ」

「そうでした。ケーキはご馳走でした」

ごめん下さい、と訪問客である。出てみると、見知らぬ若い男が立っている。名乗られても、わからない。実は、と切りだされて、ああ、と思い当った。

昨年の暮れ、カミさんと身内の用事で外出した。その帰り、駅から裏通りを歩いていると、ふいに、すさまじい男の子の泣き声が響いた。火が付いたような声、というけれど、まさにそれだった。ただごとでは、ない。

私たちは声の方に走りだした。古いアパートの一階から、聞こえてくる。近づくと、水の音がする。垣根の向うに、浴室の窓があり、音はそこからする。子どもの泣き声も一緒である。「どうしました?」私は垣の隙から声をかけた。

母親らしい取り乱した声が、する。カミさんが門扉を開けて庭に入り、浴室の窓を激しく叩いた。しばらくして、窓が開き、女の人の顔がのぞいた。放心したような表情である。カミさんが、何かあったのかと問う。何度も訊いているうちに、女の人が我に返ったらしく、子どもが火傷を負った、と答えた。

「救急車を呼びましょう」さいわい、カミさんは携帯電話をバッグに入れていた。外出の時だけ使うのである。通報しながら、あわてて道路に飛びだしてきた。場所を教えてくれ、と言われたらしい。通行人だから、住所がわからない。わたしは近くの電柱に走って行き、住所表示を見てきた。

救急車が来たので、わけを説明し、あとは任せて帰ってきた。

男の人は、火傷をした坊やの父親であった。

何でも母親が目を離した、ほんのちょっとの隙に、煮物の鍋をひっくり返したらしい。ただちに母親が浴室に連れ込み、水を流して患部を冷やしたので、大事に至らなかった。火傷の痕も残らなくてすんだ、という。母親は動転して、救急車を呼ぶことに思いが至らなかった。助かりました、とわざわざ礼を述べに訪ねてきたのである。今どきの若者には珍しく律儀であった。年を尋ねると、二十九だと恥じらいながら答えた。

「私たちに子どもがあれば、あの年頃ですね」カミさんが感激している。

坊やの父親は、何もお礼ができません、と持参の菓子箱を差しだした。開けてみると、ケーキである。すばらしい三十周年記念になった、とカミさんが更に感激した。

『正論』二〇〇七年三月号

旬を楽しむ

若いころは生意気で、へそまがりだったから、人と同じ真似をするのを好まなかった。花見も、咲いている最中は、出かけない。終わるころ、友人たちと行くのである。桜は散った花びらが美しい、とうそぶきながら、池や堀に散り敷いたさまを眺めて、悦に入っていた。

さらに花が散ったあと、萼《がく》についている松葉のような赤い蘂《しべ》が、こぼれる。これが風流だ、と桜の木の下に立って、蘂の落ちるのを喜んだ。俳句をたしなむ友人が、「桜蘂降る」という季語があることを教えてくれたのである。

物好きが高じて、桜は葉桜に限る、とその時期に、桜並木を散策した。これは一回で、こりた。全員が首や背中にかゆみを覚えたからである。蘂ではなく毛虫が降ることを知らなかった。

近ごろの私は、外出をおっくうがるようになった。もはや、残花や蘂の雨を見に出ることはない。若い時分は若いなりに、季節感を楽しんでいたのだな、となつかしくなる。今はテレビで、世間の春を知るのみである。近所を歩けば、季節の花々が咲いているのに、桜だって結構あちこちにあるのに、見たいと思わないのである。テレビで見たから、もういい、という気になっている。

季節の移りかわりに関心がなくなるとは、どういうことなのだろう。老いた証拠か。いや、老いた方が季節に敏感になるはずで、いとおしむ気持ちになるのではないか。

私の母はすでに「見ぬ世の人」であるが、晩年、異常に旬の食べ物に執着した。「今日、口にしないと、来年は食べられないかもわからないからね」と言うのである。確かに高齢者には先の保証はない。

そこでカミさんは、せっせと旬の物の料理をこしらえて、膳《ぜん》に上《のぼ》せた。山椒《さんしょう》の芽が出れば、摘んですりつぶし、ミリンで味つけした味噌に混ぜ、山椒味噌にする。道ばたに咲くタンポポを見つければ、根ごと掘って、花はおひたしに、葉は菜飯《なめし》に、根茎は油いためにしたり、キンピラに作る。

母に饗《きょう》するのみだから、量は必要ない。タンポポが二、三本あれば、十分である。野草料理は、むしろちょっぴりの方がおいしい。カミさんにすれば、「ままごと遊び」のような日々であったろう。母は喜んだ。

「春って、おいしいねえ」と目を細める。「春はいろんな物があって、うれしいよ。一年中、春であればいいねえ」と言う。

「それじゃ同じ物を食べ続けることになる」と笑ったら、ああそうか、とうなずいた。

「あのころは一番季節を感じましたね」とカミさんが当時を思い出して、しみじみとつぶやいた。「年寄りと一緒だったからね」とうなずきながら、カミさんが昔ほど、旬の料理に熱心でないことを残念がる。

『熊本日日新聞』二〇〇五年四月四日

魔法の茶碗

おかずが何であれ、あたたかいご飯が食べられるのは、しあわせなことだと思う。三度三度、炊きたてのご飯をというわけにはいかない。冷え飯をあたためて、いただく。昔は蒸し器を用いた。現在は、電子レンジで、あっという間である。どちらも、炊きたてのような味は望むべくもない。

ところが、「陶製おひつ」を使うと、炊きたてと同じである。炊きたてのご飯の香りであり、味わいであり、見た目に粒々が立っているようである。これは陶器の良さである。

しかし、「陶製おひつ」の何よりの特長は、即席の混ぜご飯が作れることだろう。

わが家はジャコ飯が好物で、年中これを炊くが、混ぜご飯の多くがそうであるように、炊きたてはおいしいが、あたため直したものは、さほどではない。ところが「陶製おひつ」を用いる時は、冷やご飯にジャコをまぶして、そのまま電子レンジであたためればよい。ダシ汁をかけてもよいが、これは好みだろう。わが家ではジャコそのものの味を生かすために、醬油も塩も使わず、ジャコをたっぷりのせる。

この「おひつジャコご飯」は、おいしかった。炊きたてのジャコご飯以上のうまさである。「器の風味ね」とカミさんが評したが、まさにそうかも知れない。器の色も形も、あたたかいのである。よそではどうか知らないが、わが家でご飯をぬくめる容器は、電子レンジの高熱に耐えられるポリプロピレン製の、半透明の「弁当箱」である。「弁当箱」から茶碗にご飯を移す時、わびしくなることがある。あたためたご飯が、おいしく見えない。「おばあちゃんがいたら、きっとこの陶製おひつを魔法の茶碗と思うでしょうね」カミさんが、しんみりと言った。

わが母はすでに「見ぬ世の人」であるが、体が不自由になった晩年は混ぜご飯に異常にこだわった。お菜とご飯を交互に食べるのが面倒らしかった。そこでカミさんが種々の混ぜご飯を、日替りで炊いたが、家族もつきあうわけだ。たまには白い飯が食いたい。しかし、別々に炊くのも不経済である。

あの頃「陶製おひつ」があったなら、老母だけの混ぜ飯を、毎日簡単にこしらえることができたわけだ。丼物だってできた。電子レンジを不思議がった老母だが、レンジから出てきた「陶製おひつ」が、お望みのジャコ飯を三分で作るのを見れば、確かに「魔法の茶碗」と目を丸くするだろう。ついで味の良さに、目を細めて喜んだに違いない。

『Zekoo』第27号　二〇〇五年夏号

愛用の弁

わが家のダイニング・キッチンは、年を追うごとに広くなっている。面積を広げたわけではない。食器棚が減っているのだ。冷蔵庫や湯わかし、炊飯器、トースター、鍋などが、小ぶりになっているせいもある。ある器が調理器と食器を兼ねていて、場所を取らないせいもある。

家族が少なくなると、当然、物は減る。そして老齢と共に、食べる量が少なくなる。年を取るということは、食器の数が限られてきて、大きな器は必要がない。手間を省こうと考えるし、面倒なことが苦になる。

若い頃のように、料理を楽しむ余裕がなくなり、いかに簡単迅速に、おかずが作れるか、そればかり考えるようになる。もっとも、おいしくできあがらねば意味がない。

私は、「陶製おひつ」を愛用している。ある器とは、これである。冷や御飯を蒸すためにだけ、使うのではない。

青菜を蒸すのに、もっぱら用いる。小松菜でもホウレン草でもキャベツでも、葉物のおいしい食べ方は、ゆでるのでなく煮るのでもなく、蒸すことだろう。野菜のうまみを逃さない、最良の方法だが、わが家では「陶製おひつ」に、観光のおみやげにいただいた「豆笊《まめざる》」（福をかきこむザル、とうたった竹製の小型笊）を、さかさまに敷き、水を張って、蒸し器がわりにした。笊に、ざくざく切りした青菜をのせ、フタをして電子レンジであたためれば、たちまち、色あざやかな一品のできあがり。鰹節をふりかけてもよし、ゴマあえにしてもよし、何もつけずに、そのまま青菜の香味を楽しむもよし。

このたび、「陶製おひつ／取っ手付き」が売りだされた。これには、陶製のすのこが付いている。私が笊で代用していた、すのこである。陶器の方が、笊より安定感がある。すのこの位置も、よい。

更に、取っ手が付いた。扱いやすくなった。

取っ手は、実用向きだけではない。器に、あたたかみが備わった。土鍋のような、家庭的な、つくろわない雰囲気がある。ユーモラスな形でもある。大きさが、手頃なのである。核家族の現代にふさわしい大きさといえる。

何よりの美点は、器が食器を兼ねていることである。「陶製おひつ」で蒸した御飯を食べ終わったら、洗って、食器棚に収める必要がない。どうせ、すぐに使うのである。水桶に浸けておく。水を吸わせておいた方が、御飯が一段とおいしく蒸せる。大きな声では言えないが、面倒くさがり屋向きの製品なのだ。

『Zekoo』第52号 二〇〇八年五月号

うどん命

古本屋を開業したての頃、お客さまから払いだしてもらった本の大半が、長寿法の本だったので驚いたことがある。

百何歳かまで寿を重ねられたかたの蔵書であった。本を読まれて、実践されたのであろう。どんなことが書かれてあるのか、片っぱしから読んでみたくなるではないか。私は二十代の若造だったが、考えてみると、長寿法の本は中年を過ぎて開くものではなく、若いうちに読んで実行すべきであって、してみれば格好の潮時に手にしたといえる。

二百冊あまり、あった（長寿法の本は結構ある）。内容は似たりよったり、その道の先生が説いたものより、実際の長寿者が語る体験の方が面白かった。

今は大方忘れたが、二つだけ、頭に残っている。長寿の秘訣である。

食べ物である。昔の人であるだけに、粗食が多い。肉はめったに口にしない（肉食の習慣が無いからである）。毎日、野菜を切らさない。

長寿者に共通しているのは、豆が好きで、ほとんど連日、これを食べていることである。

五十年前の東京下町には、夜明けから朝食時にかけ、ひっきりなしに、納豆売りがやってきた。自転車に納豆を積み、「なっと、なっとー」と呼び売りしていた。大学生のアルバイトだった。納豆と一緒に煮豆を売る者もいた。こちらは年寄りで、リヤカーに箱をのせて引いてきた。

当時はどこの家も、納豆や煮豆を買ったものである。二人で、藁《わら》づと納豆一本の見当でなかったろうか。四人家族で二本である。煮豆はどのくらいの量であったか記憶にないが、小鉢に少々だったことは間違いない。納豆にくらべたら、はるかに高価だったからだ。

あの頃は煮豆が当り前のお菜であった。今でも駅弁の具に必ず加えられてあるのは、昔の風習のなごりだろう。

煮豆を菜《さい》の一つにしている家庭は、この節、少ないのではないだろうか。

私は別に長寿者の談話に啓発されたわけではないが、豆類は好きで、何らかの豆を毎日食べている。飽きないのが、いい。面倒な料理は必要ないのが、豆の良さだ。

夏、枝豆は茹でたら、さやを剝いてしまう。生姜をすって醬油をたらして混ぜる。これで終了。熱いご飯にのせてかっこめば、食欲の無い猛暑日も何のその、である。ビールのつまみにする枝豆の味と、ひと味違うおいしさにびっくりするはずである。

長寿のコツのもう一つは、食べ物に感謝する、である。当り前のことだが、案外、当り前にできない。感謝の念があれば、偏食はないわけだ。好き嫌いを言うのも、ありがたいと思う気持ちが薄いからだろう。

好きな物が命取り、という。特定の物に執着し、そればかりを食べ、つまりは偏食に陥るからで、しかし、好きな物だけに大いに感謝している。この場合は、どうなのだろう。長寿になるかならないかは、今のところ、わからない。

私は饂飩《うどん》が好きで好きでならないのである。厳密にいうと麺なら何でも好きなのだが、とりわけ、饂飩が一等好みである。

かつて、饂飩の「へなぶり」（新趣向の狂歌）を作った。

「一日に一食は麺と決めており　饂飩いのちの六十数年」

もの心ついた頃から食べていた。貧しかったわが家の主食であった。茹でたてを食べるのでなく、数時間おいてから食べる。ふやけて、倍の量になる。貧乏人の知恵である。ふやけた饂飩は、これはこれでおいしい。お湯で温め直して、生醤油《きじょうゆ》につけて食べる。

「わが食べし饂飩は何百億本ぞ　饂飩供養は好きな饂飩で」

「細き太き　白き黒き　長短あるも麺好きには　すべて『いけ面』」

「饂飩うんどん素うどんすすり　煮饂飩どんどんどんぶりで食《は》む」

「わが夢は饂飩の風呂に身を浸《つ》けて　すすりては眠り起きてはすすり」

「世の中にかほど美味なる物は無し　饂飩三昧麺法楽」

「白き肌膚《はだえ》に柳腰　見目に品あり　我は麺食い」

いや、饂飩は長寿食に違いない。私の母は八十九歳まで生きたし、晩年の二十年を、わが家に同居した義母も、七十七歳まで生きた。特に義母は糖尿を長くわずらい、私どもと饂飩を毎日食べていなかったら、こうも生きられなかったかも知れない。

早朝から、一家でずるずると饂飩をすする。義母は近所中からこの音を怪しまれまいか、と気に病んでいた。しかし年寄りたちは、決して嫌いではなかった。ご飯と違い、のどの通りがよかったからである。消化もよい。三食饂飩でよい、とそのうち言いだした。

「朝うどん昼夕うどんでおやつも饂飩　饂飩三昧　わが長寿食」


『文藝春秋 SPECIAL』季刊春号　二〇〇八年

龍馬の梅干

梅干が好きで、毎日、五、六個は食べている（ハテナ、梅干は食べるでなく、しゃぶるかしら？　かじるとは言うまい）。

わが家は三食に一食は麵類で、麵に梅干は合うのである。麵なら何でも合う。ラーメンの汁に落とすと、びっくりするくらい美味である（梅ラーメンと称するものがあるようだ）。特に素麵《そうめん》によい。素麵をすすりながら、つい、何個か平らげてしまう。高い素麵につきます、とカミさんが渋い顔をする。梅干の方が、確かにぜいたくである。梅干中毒、と友人が笑う。梅干依存症と呼んでくれ、と私は言う。どっちだって同じさ、と笑うが、中毒なんて言うと梅干がいやがるだろう、と思う。依存症なら熱烈な恋みたいなものだ。それじゃ略してウメ毒はどうだ、変か、妙な連想をしてしまうな、と友人は私をからかっている。

その友人が帰省した。実家は旧家で、土蔵を解体したら、昔の梅干が出てきたという。水分が蒸発し、乾涸《ひから》びているが、カビは生えていない。食べるつもりはあるか、あるなら持参する、と電話をよこした。

一体、いつ頃の梅干か、と聞いたら、壺の蓋の裏に、天保六年と書いてある、ただし、梅干を漬けた年か、壺を購入した年か、わからぬと言う。天保六年というと何百年前になる、と問うので、手元の電子辞書『広辞苑』で、坂本龍馬の生年を調べた。龍馬が天保六年生まれなのだと、たまたま読んでいる本に出ていたのである。西暦で一八三五年、すなわち一七四年前である。凄いな、と友人が興奮した。龍馬誕生年の梅干ってどんな味がするのだろう、と言う。試食してみればわかるのに、友人は恐いのである。依存症の私に毒味させるつもりなのだ。

味はどうであったか？　小梅の種ほどの大きさだったが、塩の固まりを含んだような——しかし、さほど塩っぱくはない。梅の香りもない。これは本当に昔の梅干なのか、と疑ったら、お前、梅干の味がわからないのではないか、相当の中毒だぞ、と友人が心配そうに言った。

『理念と経営』二〇〇九年八月号

三輪素麵

奈良の暑さは、格別である。地元の人がそう言って暑がるのだから、まず大抵ではない。

「大神神社《おおみわ》にお参りしたことはありますか?」

Aさんに聞かれた。桜井市のかたである。

「いや、ありません。涼しいですか?」

「そりゃもう。うっそうとした杉の古木に囲まれていますから。それに涼味あふるる食事がいただけます」

「トコロテンですか?」

言ってから、トコロテンは食事といわないだろうな、と気がついた。

「トコロテンは心が太いと書きますよね」

Aさんが笑った。

「太くなく細いものです。白くて細い。夏と限らず一年中、食べますがね」

「素麵ですか?」

「その通り。三輪素麵《みわそうめん》の発祥の地ですから」

「参りましょう、参りましょう」

信仰心よりも食い気なのである。

「谷崎潤一郎に、素麺を詠んだ歌が、確かあったなあ」

「そうですか。三輪素麺を詠んでいるんですか？」

とAさん。

「さあ、それはどうだったかなあ」

肝心の歌そのものを思いだせない。Aさんがうさんげに私を見る。

大神神社に到着した。参詣客が、多い。

「お参りを先にすませますか。それとも」

「神様には申しわけないが、腹をなだめてからにしませんか」

門前の一軒に入る。時分どきでもあり、混んでいる。

Aさんが素麺と柿の葉鮨を頼んだ。

「煮麺《にゅうめん》と冷たいのがありますが、どちらにします？」

汗ダクダクなので、むろん冷たい方である。

ところがAさんは煮麺だ。

「私、いつもこちらなんですよ。真夏でも。悪いですね」

まわりの客を見ると、皆Aさん党である。何だか失敗したな、と悔やんだ。

「大神神社は」

Aさんが説明した。

「わが国最古の神社でしてね、三輪山がご神体です」

「素麵も煮麵でいただくのが正式というか、古い食べ方でしょうか？」

こだわった。

「そんなことはないと思いますよ」

「冷たいのを選んで罰が当りませんかね」

小声で言ったつもりだが、近くの客が爆笑した。

『理念と経営』二〇〇九年九月号

薬酒の効用

若い頃、東京商船大学（現・東京海洋大学）のあった越中島に住んでいた。大学の隣の安アパートである。

隣室に三十代半ばと思われる、顔の長い男性がいて、夜遅く帰る私と、しばしば会う。共同使用の流しで、得体の知れぬ葉っぱや木の実を洗っているのである。一升壜《びん》を何本も濯《ゆす》いでいることもある。

ある時、金だらい一杯の菊の花を、丹念に一つずつほぐしていた。酢のものですか、と訊くと、菊酒を作るんです、と答えた。おいしいのですか、と問うと、不老長寿のお酒です、とニヤリと笑う。奈良時代、菊の節句には、これを飲み、また菊の花や葉におりた夜露で、顔や身体を拭う。邪気を払い、若返ると信じられていた。男がそう説明し、私は薬酒を作るのが趣味でしてね、と笑った。つくろい終った金だらいを抱えると、どうです、私の作品をのぞいてみませんか、と自室に誘う。

四畳半の部屋の半分以上を、一升壜が占めていた。壜にはラベルが貼ってあり、「枸《く》杞《こ》」「花梨《かりん》」「マタタビ」「朝鮮人参」「肉桂《にっけい》」「陳皮《ちんぴ》」などと内容物が記してある。

「けえろっぱ？　これは何ですか？」

「蛙の葉。オオバコですよ。尿詰まりに効きます」

押入れの下段にも、薬用酒が林立している。

「これ、わかりますか？」

濁った色の壜を取り上げて見せた。その壜には、ラベルが無い。首を横に振ると、「でしょうね」と笑い、別の壜を持ち上げた。蝮《まむし》の皮が一本、ゆらゆらと揺らいでいる。

「皮は溶けないんです。ここまでにするには、時間がかかりますよ」

別の壜を掲げて見せた。大きな蝮が入っている。生きているように見えた。男が揺すったので、そう見えたのかもしれない。

蝮酒が、精力増強にいかに効き目があるか、得々と弁じだした。聞きようによっては、これは猥談である。男は若造の私をからかったのだろう。私は当時、二十歳そこそこで、むろん独身である。私は訊かなかったが、どうやら男は薬用酒を商売にしていたようである。勤め人ではなかった。朝早く、登山姿で出かけたり、四、五日、アパートを留守にすることがあった。

私が夜中に本を読んでいると、壁の向うで、何やら物を揉《も》んだり、かき回しているような音がして、いつまでもやまない。新聞紙の上を何かが這っているような音も聞こえる。私は蝮酒の蝮を思いだし、まさか、壁に隙間はないだろうな、と身構えてしまう。

後年、テレビのディレクター氏から、蝮取り名人の話を聞いた。ディレクター一年生の時に、名人のドキュメンタリー番組を制作した。打ち合わせに名人宅を訪れた彼に、「おいしいよ。まあ、味を見てごらんよ」と蝮の刺身を出された。ワサビ醬油で食べる。これを食べないと、カメラを回させてもらえないかもしれない。彼は必死で、ひと箸、口に入れた。名人が、彼の口元をじっと見つめている。夢中で、のみ下した。尚も見ているので、もう一切れつまんだ。肉の色が見えなくなるほどワサビ醬油をつけ、急いで口にした。今度は思わず嚙んでしまったが、鱚《きす》の刺身のような歯ごたえであったという。

名人はこれで心を開いた。蝮を取る現場や、独特の採取法など、一切をフィルムに撮らせてくれた。しかし、そのフィルムの編集作業中、自分が刺身を味見するシーンが現れた時、激しく嘔吐してしまったという。

「でも、蝮が強壮剤だというのは本当ですね」ディレクター氏が照れくさそうに笑った。

薬用酒作りの男と知りあって以来、強壮薬なるものに興味が湧いた。見渡すと、この種を説いた書物は多い。人間の最大の関心事は、不老長生だから当然と言えば当然である。いつまでも老いず、むしろ若返りたいという願望の本音は、衰えぬ性欲である。性欲をかきたてる特効薬を求める。

俳人の一茶は、その日記におのれの交接記録を残したが、連日のように、「二交」「三交」時に「五交」も続けている。快楽を求めてというより、一茶の場合は子をほしさだが、この異常な情熱を将来したものは、「碇草《いかりそう》」だったらしい。碇草はその辺の山中に生える、三十センチほどの植物で、春先に、碇の形をした紅色の花を咲かせる。この花でなく葉っぱを陰干しにして、煎じて飲むのである。これは大変効くこと、一茶の例で明らかである。生薬名を、淫羊霍《いんようかく》という。名前からして、催淫薬らしい。

徳川秀忠の難病を治して有名になった永田徳本《ながたとくほん》という者がいる。牛に乗って城に来た時すでに百有余歳、という伝説の医者だが、徳本の説く医書に、「陽物不起者」の処方がある。

覆盆子（草苺《くさいちご》のこととある）を五月に採り、日に干し酒に浸し又干す。炒りて酒にて服用す、とある。酒に入れてのめ、というのが、いかにも回春薬らしい。

とまあ、こんなことを古書で漁って、年甲斐もなく悦に入っている。処方を実際に試したことはない。しかし、これが私のいわば強壮法であるから、好奇心と一つことへの執着が、若返りのコツかもしれない。

『文藝春秋SPECIAL』季刊冬号　二〇〇九年

【家族】

祖先の記念

夏目漱石の長篇小説『行人』に、主人公が雅楽を聴きに行くシーンがある。友人が招待状を送ってよこしたのである。

漱石は雅楽の演奏を描写し、「——凡《すべ》てが夢のやうであつた。吾々《われわれ》の祖先《そせん》が残して行《い》つた遠い記念《かたみ》の匂ひがした」と記す。

この場面は、実際の見聞による。明治四十四年五月三十日、漱石は門下生の松根豊次郎（東洋城の号で、のち俳人として知られた）から、雅楽演奏の招待状と共に誘いを受けた。松根は当時、宮内省の式部官を務めていた。漱石は早速返事を認《したた》める。

「御手紙には七月三日とあれど招待状には六月三日（日）なり七月は多分偶然の書き損ならん」と注意し、次のように尋ねた。

「服装の儀は紺などの背広にてはあしきや一寸《ちよつと》伺ひ候」

雅楽だから正式の和装でないとまずいか、と松根に訊いたわけである。

結局、漱石は何を着て行ったのか。当日の演目、客人の顔ぶれ等、詳細な日記を残しているが、本人の服装には触れていない。『行人』にも書いていない。

それにしても漱石の記憶力には驚く。演目ごとに楽人や舞人《まいびと》の服装を記している。たとえば「春庭花《しゅんでいか》」では、「是は四人冠をつけて其冠に梅の花を挿んで出る。薄茶の紗の様な袖の広い上衣に丸い五色の模様の紋を胸やら袖やらに着けてゐて、片肌を脱いで白い衣と、袖のさきの赤い縁をあらはしてゐる。帯の垂れた所に紫の色が見える。黄金作り(の)太刀を佩《は》いてゐる。ヅボンは白である」という風に、克明に記している。漱石は色彩で記憶する人だったらしい。服装のこと、舞台の楽器、幕の色は書いているが、肝心の演奏の感想は一言も無い。

『行人』にも、服装の描写のみである。いや、舞について一行だけ、「単調で上品な手足の運動」と書いている。

前説が、長すぎた。私は漱石が雅楽に招待された時、「背広ではまずいか」と服装にこだわった点を、面白く思ったのである。

実は知人が日本舞踊を習っており、このほど発表会の案内をもらった。それはいいのだが、出席者は、なるべく和装のこと、と条件が付いている。邦舞《ほうぶ》に熱を上げる知人だから、着物に格別の愛着を持っている。私も着物は嫌いでなく、むしろ大好きである。家では気が向くと着用している。しかし、これで外出となると、億劫《おっくう》なのだ。私は身なりに構わない方だから、こういう人間が、たまに和服をつけると、まぬけな失策をやらかす。下締めがほどけて垂れていたり、御引摺《おひきず》りに気づかなかったり、家の中ならともかく、人目のある所を歩けない。

「袴を着けたら、どうです？」カミさんが助言する。「袴で、ごまかせませんか？」

「まあ、多少の着崩れや、帯がゆるんでいても、袴を着けていれば隠せるけどね」

「では袴を出しましょう」と取りだしてきた。

「樟脳くさい。ずいぶん使っていませんね」

「それは親父の形見だ」

父親が成人記念にこしらえたという袴である。明治三十四年の生まれだから、二十歳の頃というと、大正十年である。親から譲られた印刷機を使って、小さな印刷所を開業した。仕事は当って、結構、羽振りが良かったらしい。昭和の初め頃には、ハーレーダビッドソンというオートバイを乗り回していた。

「この袴は見合いや結婚式に着けたらしいよ。だけど、これ、どうなんだろう？　今どき着けるのは古くさいんじゃないかね？　やっぱり、流行というか、時代に合う合わない柄があるんじゃないか、袴といえども」

「聞いてきましょう」とカミさんが懇意の呉服店に持参した。興奮しながら、帰ってきた。

「大変ですよ。この袴、大変」

「何だ？」

「とても貴重なものなんですって。生地は仙台平《せんだいひら》だそうですよ」

「仙台平って、そんなに貴重なものなの？」

「大切にして下さいって」

「高価だということ？」

「でしょうね」

「驚いたな」

戦争で印刷所が没落し、戦後は貧乏を絵に描いたような日々を送った父である。借金こそ残さなかったが、金目のものは何一つ見事になかった。袴だけ形見になったのは、婚礼の唯一の思い出ということで、母が宝物扱いで保存していたからである。

「呉服屋さんが感動していましたよ。虫にも食わせず、九十年近くも、こうして大事にされた袴はしあわせだって。織った人も、縫った人も、喜んでいることでしょうって」

「ますます疎略にできないね」

何だかもったいなくて、気軽に着用できなくなった。樟脳をたくさん入れて、新しい衣装箱に収めた。日本の伝統に無知な自分を、今更ながら恥じている。雅楽も染織も、よく知らない。祖先が残した「遠い記念の匂ひ」を学ぶために、私は今、週刊朝日百科『週刊人間国宝』を読んでいるところである。

『一冊の本』二〇〇七年六月号

お題

食卓に、カミさんのメモが置いてある。のぞいてみると、「火」「火を噴きし阿蘇の」「志ん生の火焔太鼓」などと書いてある。

例によって始まったな、と苦笑した。歌会始の来年（二〇〇八年）のお題である。

一月十五日に行われる宮中行事の、「歌会始の儀」をテレビで見るのが、わが家の毎年の習わしである。独特の節回しの朗詠を聞いていると、心が洗われてくる。さあ、今年もがんばるぞ、とがんばる気になってくる。歌の力であろう。

カミさんは猛然と「歌ごころ」を揺さぶられるらしい。よし、今年こそ、これぞという歌を詠んで、歌会始に応募する、と宣言する。そして一カ月ほどは、チラシの裏などに何やら書きつけている。入選して、両陛下にお会いするのだ、と夢心地である。そのうち書道の練習を始めるので、いよいよ応募するのだな、と見ていたら、やめました、と言う。清書をしているうちに自信をなくした、と苦笑いする。毛筆の文字は欠点を浮き彫りにするみたい、といっぱしの感想を述べた。

来年のお題は「火」である。

「志ん生の火焔太鼓って何だい？」

「アラ？　見ちゃだめですよ」カミさんが、あわてる。

「見てもわからないから訊くのさ」

「あのね」照れ笑いしながら、説明した。

「文化の日だというのに、古本屋の当店には朝から客が一人も入ってこない。店番の私はマクラメを編みながら、ラジオから流れる志ん生の落語を聞いている。この情景を歌に詠めないかと思って」

「いいじゃないか。なるほど、演目が火焔太鼓というわけか。火の字が入る」

「ぶ、ん、か、の、日」カミさんが左手を広げ、一本ずつ指を折りながら唱える。「なれど客なし古書店の。これで五七五。ええと、女房は笑う落語火焔太鼓。字あまりだわ。ラジオかすかに志ん生火焔太鼓。同じか」

「文化の日なれど客なし古書店の、か。上の句は、いいね。問題は、下の句だ」

「マクラメを編んでいることを詠みたいんだけど。ラジオを聞いているだけじゃ、のんきすぎるし」

「マクラメって何？」

「組み紐よ」

「他のことでも良いんじゃないか？　生活感のあることなら。切手剝がしをしているとか」

「切手剝がしって？」

「古封筒の切手の部分を切り抜いてさ、水に浸けて剝がし、何百枚か溜めて、ほら、どこだったかに送ったじゃないか、福祉施設の運営費の一助になるって」

「ああ」カミさんが頭を抱える。「とても十四字にまとまらない」

「ごめん」亭主がよけいなことを言いすぎるのである。

「あれ？　この稲むらの火って、津波から村人を救った、あの稲むらの火？」

カミさんのメモに、そう記してある。カミさんが、うなずく。

「よく知っているねえ。何で読んだ？」

戦前の小学校教科書に出ていた話である。私は古本屋だから知っていて不思議はないが、戦後生まれのカミさんにはなじみが無いはずである。

ある村の庄屋が、海水が異常に引くのを見て津波の襲来を察し、庭に積んだ収穫したばかりの稲束に火を放つ。高台の庄屋宅が火事と見た村人が、全員馳せ参じ、ために命拾いをする。そんな物語である。実話を元に、書かれた。

カミさんは中学時代を東京の下町で過ごした。隣家にKさんという三十代の女性がおり、かわいがられた。Kさんが昭和二十四年のキティ台風による下町の水害を話してくれた時、教科書で習った、と「稲むらの火」を教えてくれたという。

「それがね、下町生まれの人だから、火をシと発音する。稲むらのシって知ってる？って」

「シって何ですか?」とカミさんは質問した。

Kさんが笑う。「あのね。シじゃないの。シなの」

燃えるシ、まっ赤な炎のシ、と説明されて、ようやくわかった。ところが、今度は「稲むら」がわからない。Kさんも、見たことがないらしく、「何かねえ、稲がこう山になっているんだって。村にあるから、それでムラなんじゃない?」と言う。

米どころで育った私は、大笑いした。

「それで稲むらの火を歌に詠むわけ?」と私。

「詠みたいんだけど、三十一文字にまとまらないのよ」カミさんがお手上げのゼスチャーをした。

今年も、例によって、竜頭蛇尾になりそうだ。

『文藝春秋』二〇〇七年三月号

ヤカン

もの持ちがいい、と言ったらよいのか、新しい品に無関心なのか、とにかく、わが家の台所用品は、ほとんどが昔の物である。

結婚して今年（二〇〇七年）でちょうど三十年だが、結婚の際に揃えた道具を、今も使っている。私ども夫婦が大切に扱っている、というより、台所道具というものは、ちょっとやそっとで壊れない丈夫な品物だ、という証明であろう。同時に、はやりすたりが無い。

私は独身時代、主として外食生活だったので、台所道具は電気釜としゃもじ、それにヤカンくらいしか無かった。中華どんぶり一個で、飯を食い、インスタント・ラーメンをすすり、緑茶を飲んだりしていたのである。

夫婦茶碗と夫婦箸の購入が、カミさんの初仕事であった。それから毎日のように、少しずつ、何かしらかにかしら買ってきた。台所の物は、差し当って必要な物以外は、生活しているうちに入り用になるのであって、いっぺんには思いつかない。

鍋敷き、というものが欠かせない。と知った時、私は初めて結婚生活を意識した。鍋敷きなんて、独身の頃は考えもしなかった。古週刊誌の上に、熱いヤカンを置いたりした。

ヤカンといえば、新世帯を持つに当り、私はこれをまっ先に新調した。昔、学校の職員室や、公民館の集会室などにあった大ヤカンがほしくて探した。

私はそのころ結石症を発し、できるだけ水分を摂らねばならなかった。腹の中に作られる石を、石になる前の砂状の段階で、オシッコと共に体外に排出してしまう。といって水をがぶ飲みするわけにいかない。緑茶なら、何杯でも飲めるし、中毒にならない。カミさんと二人で使うのだから、大容量のがいい、と雑貨店を回ったが、その頃から家族が減っているせいか、どこにも置いていない。

ようやく東京郊外の、食器屋さんの片隅で見つけた。埃をかぶっていた。アルミニュウムの、黄色いヤカンである。

店番の高校生らしい娘さんが、これを包装するのに、えらく手こずり、見かねて私が手伝ったが、やはり、うまく行かない。とうとう、むきだしで構わない、と受け取った。ヤカンくらい、包装のむずかしい品は、ない。

しかし、ヤカンを提げて電車に乗るのも恥ずかしいものだった。苦労して入手したヤカンだったが、カミさんが浮かぬ顔をする。

「これで湯を沸かすと、相当時間がかかるし、光熱費がもったいない。どうせなら、魔法瓶の方がよかったわ」

確かに、いっぺんに何十人もの客に茶を淹《い》れるわけではないのである。結局大して使わずに戸棚の上にのせられ、やがて邪魔者扱いされるようになった。大きすぎて収納場所にも難儀する。友人の息子が運動会の何かで使うからと借りにきて、いや進呈するよ、と体よくお払い箱にした。

カミさんが買ってきたアルマイトのヤカンが、使い勝手がよくて愛用していた。ところがある日、何気なく内側の底を見ると、錆のようなものがある。錆でなく、どうやら水道の水の澱《おり》らしい。砂糖がこびりついているような感じである。別に害は無いようだが、気色悪いので、以来、ヤカンだけは、しばしば取り替えている。

西暦二〇〇〇年を迎える直前、コンピューターの誤作動を心配して、ちょいとした騒動が起こった。いわゆる、「ミレニアム」騒ぎである。電気やガスが停止し、水が出なくなる恐れがあるというものだった。

万が一を懸念し、わが家でも懐中電灯やロウソクを購入し、浴槽その他あらゆる容器に水を張った。案外に、水を溜める適当な容れ物がない。あの大ヤカンがあればよかったなあ、とカミさんと残念がった。

何事もなく、無事二〇〇〇年を迎えて、友人が新品の七厘を抱えて年賀に来た。お年玉がわりに七厘をくれると言う。友人も騒動に動転した一人であった。ごていねいにも、二個も求めたというのである。

あとで気がついたら、友人は喫煙しないから、家にライターもマッチも無い。七厘を用意しても使えなかったのだ。「ミレニアム」は笑うに笑えぬ愚かな騒ぎであった。話の種に私は七厘をちょうだいしたが、わが家には着火具は完備しているが、使う折が無い。

「ところで」私は大ヤカンの消息を、その時たずねた。

差し上げた相手は、この友人なのである。

「ヤカン？　大ヤカン？　もらったっけ？」

「いや、ほら、子どもが運動会で使うので貸せ、と言ってきたじゃないか。うちでは使わないからあげる、と渡したヤカンだよ」

「記憶にないなあ。ヤカンなんて」しきりに、首をひねる。

台所用具は、使っている当人だけが、思い出にあるものらしい。

『別冊暮しの手帖』二〇〇七年三月

母親の感触

私は茨城県の水郷地帯で育った。女の人は絣《かすり》の着物にモンペ、赤いタスキをし、藺草《いぐさ》で編んだ笠（藺笠）を冠って農作業をしていた。現在はこの笠は実用より、むしろ、民芸品として作られ、土産に売られているらしい。

私が子どもの頃は、大抵の家で、女の人たちが藺笠を編んでいた。材料の藺《い》の産地でもあったのだ。だから、藺草独特の芳香は日常的であり、村のにおいといってよかった。

私が藺草の寝ゴザを愛用するのは、まずこの香りである。何というか、深い森にわけ入った時のような、木々のにおいと新鮮な苔の香りがする。

藺草のゴザに寝ころんでいると、たちまち快い眠りに襲われるのは、芳香と感触のせいである。ところで、最近、久保田栄一商店の「いぐさマット」を使ってみて、藺草にはもう一つ、弾力というすばらしい魅力があることを教えられた。

これは、日本一の藺草の産地といわれる、熊本県八代市の藺を材料にしているせいだろうか。それとも作った久保田さんの腕によるのだろうか。どんなに長時間寝ころんでいても、体が痛くなることはない。

「いぐさマット」の嬉しいのは、もう一つある。裏が井桁絣《いげたがすり》の布なのである。夏と冬、というより、裏と表で一年中使えることである。

私が嬉しいのは、実は井桁絣である。子どもの頃に見た女の人の着物やモンペの柄なのだ。都会では見ることのない、なつかしい模様である。

「いぐさマット」でなぜ快眠に誘われるのか、私は理由がわかった。藺草と絣の取り合わせである。これは「日本の母」なのだ。お乳のにおいと母体の柔らかさ。誰にも覚えがある、優しい母親の感触。

私は時々、気まぐれに、「いぐさマット」に寝ころぶのでなく、掛け蒲団のように掛けて昼寝をする。これまた、心地よいのだ。藺草の方を下に、絣を上にして掛ける。カミさんが、「おや、股旅者の道中合羽みたいですね」と色気のない冗談を言う。せっかく、母に抱かれた子どもの頃の夢を見ているのに。


『Zekoo』第46号　二〇〇七年八月号

老い足

足が弱ることを、亡母は「老い足」と言っていた。「すっかり、老い足になってしまった。言うことをきかないよ。年には勝てん」。そんなふうに、こぼした。

八十歳を迎えた母の唯一の自慢が、健脚だったのである。山の上の一軒家で暮らしていた頃は、毎日、雨の日も風の日も、麓《ふもと》から飲料水をバケツで運び上げるのが、母の役目であった。並大抵の道のりではない。十数年、休まず続けた。これで足が、きたえられた。

キャラメルが大好きで、それもグリコばかり買う。グリコの味をひいきにしていると思っていたら、違う。パッケージの、バンザイをしているランナーの絵である。絵に添えられた、「ひとつぶ300メートル」の文句である。「おいしくてつよくなる」とある。母は足の強壮薬のつもりで、キャラメルをせっせとなめていたのである。

伊豆大島に住む知人が、時々、島特産のクサヤと明日葉《あしたば》を送ってくださる。

今日刈り取っても、明日になれば伸びている、だから明日葉と言うんだ、と説明したら、忍術みたいな菜っ葉だな、と感心した。仙人のように生命力の強い菜っ葉だ、不老長生の効能があるぞ、と吹いたら、毎日食べたい、とせがんだ。毎日と言われてもこまる、量に限りがある、といなしたら、明日は伸びると太鼓判を押した癖に、とへらず口を叩いた。

最初の頃は、何だかアクの強い葉だ、においがきつくて飲み込みづらい、と文句ばかりたれていた母なのである。名前の由来を教えたとたんに、ころり、と宗旨替えした。

なぜ一変したか、最近になって、ようやくわかった。どうやら母は、「あしたば」を「足た葉」と受け取り、足弱を治す特異な植物と独り合点をしていたようだ。

このごろ私は、母の勘違いを笑えない。切実な問題なのである。「ひとつぶ３００メートル」も「足た葉」も、「老い足」の身になれば、洒落《しゃれ》でも冗談でもない。

『ＰＨＰ』二〇〇五年九月号

タイルさんのおかげ

タイルへのあこがれは、その美しさと同時に、タイルという名称のせいだったかも知れない。

小学五年生の時、同級生だった医院のむすこに、初めてそれを見せられた。紙メンコで遊んでいる時だった。小さな長方形のボール紙に、野球選手の似顔絵や写真が印刷してある。これを互いに地面に打ちつけて、風圧で相手のメンコを裏返しにする遊びである。「起こし」といった。起こしたら、相手のそれをいただく。こんな単純な遊びは、良家の子はまず不得意である。医院のむすこも例外でなく、いつも私たち悪童の鴨であった。「これをあげるから」と取りだしたのは、バラの花が描かれた四角な陶磁器であった。メンコよりひと回り大きい。

「何だ?」「タイルだよ」「タイルって何だ?」

誰も知らない。初めて聞き、見る物である。

「これ、メンコのかわりだよ」「何に使うんだ?」「流しや風呂場だよ」「嘘だあ」「嘘なもんか。今、造っている。見せてあげるよ」

私たちは医院に案内された。職人さんが働いている浴室はのぞけなかったが、完成した流し台は見られた。私たちはその豪華さに驚嘆した。何しろ当時はどこの家の流しもブリキで村長宅だけが石といわれていた。

もし家を建てられる身分になったら、浴室と玄関くらいはタイル張りにしたい、と夢みた。タイルは私には富の象徴だったのである。

中古住宅を購入するのが、せいぜいだった。

半地下に浴室がある。浴槽がステンレスで、揚げ物屋さんの油の船を連想させ落ち着かない。自分がテンプラのように思える。そこで改造することにした。念願の、タイルにする。タイル屋さんが見本帳をひろげた。

白地に花柄の縁どり模様にした。花は細かいが、よく見るとバラらしい。これが碁盤目に張られると、浴室が急に明るくなった。

一番喜んだのは、老母であった。衣類の着脱がおっくうで風呂嫌いだった母が、「御殿みたいだねえ。あたしは女王さま気分だ」と、ご機嫌である。「王女さまでしょ」とカミさんがからかうと、嬉しそうに笑う。「これは誰が作ったの?」「タイル屋さんですよ」と答えると、「タイル屋さんのおかげで、私はしあわせな気分です」そう言って、「タイル屋さん、ありがとう。いい湯でした。三年、生きのびました」

本当に三年生きて、八十九歳で逝った。

『東京人』二〇〇八年六月号

照れくさい関係

おやじは影の薄い存在である。母親に比べると、語られることが少ない。「母の日」は昔から著名であり華やかに祝われるが、「父の日」は目立たない。

おやじの話は、しづらいのである。なぜだろう。今回の応募作を読みながら、そうか、おやじのことは肉声ではしゃべりにくいが、文章なら楽な気持ちで語れるのだ、とわかった。感情的にならず、考え考え語れるし、人に肉親の実像を伝える時はうらみつらみのいやな思いを消している。「おやじのせなか」エッセーを募集したゆえんであろう。

いろんなおやじがいる。おやじの背中は、現代日本の家庭を如実に表している。そして、その背中は、子どもたちに絶えずメッセージを送っている。

背中だけではない。子どもたちが見ているものは、おやじの手であることも、寄せられたエッセーで知った。

たとえば優秀賞作品の中だけでも、高校生の娘の弁当に、おにぎりを作る器用なおやじの手が出てくる。自信満々で差し出したおにぎりは、「およそ女子高生のものとは思えない」とあるから、きわめて大きな掌だったのだろう。

また落ち込んだ時、いつも頭を「ポンポン」して励ましてくれた大きな手。その「ポンポン」は、亡くなる数日前、結婚を控えた娘に、「お母さんが遊びに行きやすい家庭を作ってくれ」と言い残した時が最後だった。子がもっともつらい思いの時の「ポンポン」である。

あるいは、すし職人の父を魚くさいと嫌っていた少女時代。きれいに盛られた刺し身は、母の料理と信じていたが、実は父がそう思わせていたと知る。父がこしらえたと言うと、子どもがいやがって食べないからである。父は娘たちに、どんなに自分の手を誇りたかったろう。

おやじは照れくさいながらも、自分の背や手を子に見てほしいのだ。そして、こんなおやじの姿を語るのが、子として気恥ずかしいのは、結局、自分の実像を語ることになるからだろう。

『朝日新聞』二〇〇七年九月二十三日

【猫】

女の子

猫という猫が、すべて敏捷であるはずがない。どんな猫でも、猫なら高い所から飛び下り、器用に着地するか、というと、そうと決まっていないだろう。高所恐怖症の猫だっているだろうし、運動神経のにぶい猫もいるはずだ。猫だから必ずしもニャアと鳴くとは、限らないだろう。猫らしくない猫がいたって、不思議はない。一律でないから、かわいいのではないか。

そうとわかっていても、実際に、猫らしくない猫を飼ってみると、やはり何だか妙である。まもなく六歳を迎えるわが家の猫は、ラグドールという種類のメスだが、この種は性格がおとなしく、動作がゆったりしています、とブリーダーに教えられた。ところが育てているうちに、おとなしくゆったり、は臆病で、運動ぎらいで不器用の意味だと判明した。たとえば、階段を下りる時、どうかすると、足を踏みはずしたりする。十冊ほど重ねた本の山に飛び乗るのに、長いこと身構え、何度もお尻を振った末に、ようやく踏み切る。本の山から下りる時も、ひと騒動である。転げ落ちるように下りる。

体の加減がおかしいのではない。食欲はあり、病気はしない。ギギ、と木《もく》ネジを回したような声で鳴く。足音をたてて、歩く。大きな物音には動じないが、針が倒れるようなか細い音には驚いて、いきなり六十センチくらい飛び上がる。飼いぬしの方が、びっくりしてしまう。

　まあ、猫の変りものなのだろう。

　夏休みに、知人の愛猫を、三日ばかり預かった。わが家の猫と同じ種類である。ただし、四つほど若い。私の仕事が仕事で、ほとんど家をあけることがないから、こんな風に時々頼まれるのだが、猫にも相性がある。合うか合わないか、前もって試してみないといけない。知人の猫とは、意気投合したようである。面白いもので、性格が全く正反対。というより知人の愛猫が、当り前の猫なのである。

　預かって、肝を冷やしたことがある。いなくなってしまったのだ。むろん、用心して、外に出られないようにしていた。わが家は兎小屋であり、隠れるような場所はない。わが家の猫は、いつもの所で眠っている。さあ、えらいことである。私ども夫婦は、目の色を変えて探し回った。大切な預かりものである。

　わが家で猫がひそむような所といえば、半地下の書庫しか無い。名を呼びながら、もしや、本の下敷きにでもなっていやしないか、わが家の不器用な子を見ているから、気が気でない。カミさんと本の山をどかしながら探していると、ドアの蔭から顔を出し、ニャア、と言った。何をしているの？　という声である。「あれ？　どこに居たの？」夫婦で訊くと、ニャア、と言った。このニャア、がわからない。とにかく書庫以外の所にいたようである。大変すばしっこいメス猫だった。

預かりものを無事返したあと、今度はわが家の猫が、ふいに姿を隠すのである。気がつくと、いつもの所に眠っていない。人さまの猫ではないから、こちらもあわてない。家の中のどこかで寝ているのだろう。それでも気になって名を呼ぶと（パルル、という。郵便局の貯金とは関係ない。偶然に一致したのだが、こちらの方がひと足早く命名した。能楽の金春流《こんぱる》の春《ぱる》である。春の如くのどかでルンルン気分、という意である）、どこからかノッソリと現われて、ギギ、と言った。

どうも「秘密の場所」があるらしい。カミさんに言わせると、預かり猫の置きみやげだろう。「妙なことをパルルに教えてくれました」「それにしても危険な所ではないはずだ。何しろパルルが入れる所だからね」「そうですね」とカミさんも少し安心したようだった。

その「秘密の場所」が見つかった。屋根裏の、差し当って使わない物や季節の品々を収納してある所である。カミさんがパルルの後《あと》をつけて見つけた。

パルルは鏡をのぞいていたのである。鏡に自分の姿をうつしながら、顔を洗ったり毛づくろいをしていた。預かり猫に教わったのだろうか。

「パルルも、やっぱり女の子ですね」カミさんが笑った。

世間一般の猫と同じだ。私たち夫婦は、何だか嬉しかったのである。

『一枚の繪』二〇〇六年二月号

ヒマワリ

ペットを飼う年齢の限度というものが、ある。特に、犬はこれを考慮しないと、お互いが不幸になる。犬の散歩に無理なくつきあえる歳が目安になろうか。

昔と違い、ペットの平均寿命もずいぶん延びた。ペットより先に逝くわけにはいかない。あと何年、自分が元気に生きられるか。その何年とペットの寿命を考えると、せいぜい一匹と結論が出た。ペットの中で、犬の面倒を最後まで見られるのは、まず十五年がいいところだろう。すると、余生で、犬との共生はたった一回である。

最後なのだから、よくよく吟味して飼おう。そう夫婦で決めたのに、ある日、突然、カミさんがペットショップでラグドールなる種類の、狸に似た猫を買ってきた。子猫というが、はなはだ図体が大きい。

「犬を飼うのじゃなかったのか?」

夫婦で犬の話ばかりしていたのである。手がかかるのは猫より犬なのだ。

「犬も飼うんです」カミさんが平然と答える。

「しかし、犬と猫は相性が悪くないか。かわいそうだよ」

「大丈夫です」カミさんは自信たっぷりに答える。「まずメスの子猫を飼い、一カ月後にオス犬を連れてきます。メス猫は母性本能がありますから、子犬をかわいがるはずです」

「しかし二匹いっぺんに飼うのは大変だよ」「ペットとの生活も、これが最後ですから」

そう言われると、返す言葉が無い。

「犬と猫がいがみあうようになったら、たまらないよ」

「仲良く暮らすように、しつけますから」

「うまくいくかねえ」

「心配ご無用ですよ。気の合う二匹を見つけますし、合わなかったら合わせます。猫同士、犬同士でないから、うまくいきますよ」

「何だか不安だねえ」

一カ月後、犬が来た。トイプードルのオスである。果たして先住のラグドールと気が合うか。大いに心配だったが、案ずるより何とやら、二匹を見合わせたとたん、はしゃぎだした。互いに後ろ脚で立ち上がり、ダンスを始めた。「ほら、ね」カミさんが手を打った。

「本当だ。すっかり意気投合したようだ。どうしてだろう?」

「パルルの写真を見せたのよ。この子だけが、ひと目惚れの様子だったの」

「妙なものだねえ」

パルルは猫の名で、犬はキキと命名した。二匹は鬼ごっこをしたり、隠れん坊をしたりして遊んでいる。

トイプードルは、毛の伸びるのが早い。そこで一カ月に一度、キキをペット美容室に連れて行く。「テディベアカット」をしてもらう。

カットがすむと、美容室ではサービスに、「リボンおめかし」を施してくれる。季節の花のリボンを、両耳に飾ってくれるのである。オスにリボンはおかしいが、なに、ご愛嬌である。

八月はヒマワリの花のリボンをつけてくれた。帰宅すると、パルルがいつもまっ先に迎える。キキの鼻先に鼻を寄せる。お帰りなさい、とでも言っているのだろう。

ところが、このたびは勝手が違った。ヒマワリのリボンを見たとたん、そっぽを向いたのである。そして急に気分を悪くしたように、キキのそばから離れた。寄ってこない。

「どうもヒマワリが気にいらなかったようね」カミさんが笑った。「今までこんな態度を見せたことはなかったのに」

「まさか花に好き嫌いがあると思えないけどね」

キキは「美容」に疲れて、寝てしまった。パルルはふてくされたように、窓ぎわのタンスの上から戸外をのぞいている。こちらに背中を向けて、呼んでも決して振り向かない。

翌朝、カミさんがヒマワリが無い、と騒いでいる。キキのリボンが片側しか無い。

「変ね。自然に外れないよう、しっかりと結んであったのに。それにしてもどこに転がったのかしら。散歩に出かけていないから、この部屋のどこかにあるはずなのに。見当たらない」

そのリボンがタンスの上にあった、と突拍子もない声を張り上げた。

「パルルだわ。パルルが奪《と》ったんだわ」

パルルは台所の、電子レンジやトースターが置いてある台の上で、長々と横たわっている。私、関係ない、という顔をしている。

「焼き餅を焼いたのかも知れないな」「女の子ですものね」

「ヒマワリが好きなんだろう」「今までリボンに見向きもしなかったのにね」

「ヒマワリを好むなんて、変っているよ」「好みですから不思議はないですけど」

今夏、わが家ではヒマワリを窓ぎわに咲かせた。梅雨が長かったせいか、開いた二輪は、思ったよりも小ぶりだった。風が吹くと、ゆらゆらと揺れる。パルルとキキが仲良く並んで、それを眺めている。彼らの後ろ姿を写真におさめた。二匹が頭にヒマワリをのせているように見えるのである。


『PAFE japon』№4　二〇〇六年十月一日

味オンチ

「あの子にも、こまってしまいます」カミさんが、こぼした。「すっかり、舌が肥えてしまって、見向きもしない」

あの子、とは、わが家の猫のことである。子どものいない私たち夫婦には子ども代りであって、むろん名前はあるのだが、なまじ猫らしい名を付けたために、あまり呼びたくない。人間の名前にすればよかった、と夫婦で悔い、もっぱら、あの子で通している。第三者が聞いたら、妙に思うだろう。

あの子の好物はナマリ（カツオの生《なま》り節）で、これ以外は食べない。ナマリなら選り好みしなかったのに、近頃は柔らかい部分を口にしない。背の方の固い所だけを食べる。ナマリを買うカミさんは、これまで一軒だけですんだ用事が、へたをすると何軒かハシゴをせざるを得なくなった。不思議にどの店にも、背の方が無いのだそうである。背の部分は人間が味見すると、固形石鹼をかじったみたいで、おいしくない。やはり、脂ののった腹の部分がおいしい。従って料理に使う人が腹の方を選んで買うので、背を置かないのだろう、というのがカミさんの腹立ちまぎれの推測である。

「さあ、それはどうかな」私はあの子を弁護する。

「うちの子だけでなく、猫には背の方がおいしいんだよ。だから猫を飼っている人が、そちらを選ぶのだと思う」

「うちの子が贅沢なのだと思うわ」カミさんは承知しない。

しかし、贅沢というのは、うちの子のような者をさすのでないことは、知人の愛猫と十数日間、生活を共にして思い知った。

知人が海外旅行に出かけることになり、懇願されて預かったのだ。以前、やはり旅行でペットの美容室に預けたら、おびえて何も食べず、やせてしまってこりごりしたらしい。飼いぬしと離されたストレスだけでなく、偏食なのである（大体、猫はその傾向である）。わが家の子もそうだと話したら、知人が私どもを信用し頼ってきた、というわけだ。

「うちの子は」と知人も、うちの子と言う。

「鯛しか食べないんです」

「鯛？　そりゃ」贅沢だ、と言いそうになって、あわてて口をつぐんだ。ナマリの背、どころではない。

「すみませんが、食費をお預けしますので、鯛を買って食わせてくれませんか？」

「どのように料理すればよろしいですか？　何かお好みの味でも」カミさんが訊く。

「いいえ。味付けは無用です。ゆでて、肉だけ与えて下さい。ご面倒ですが骨を取っていただけたら。小骨の多い魚ですので」

「お安い御用です」

というわけで預かったのだが、私どもはアジの干物で飯を食べているのに、この子は、人間がよほどのお祝いの時にしか口にしない大きな尾頭付きを（実際は肉のみだが）、毎日食う。

「うちの子がひがまないかしら」カミさんが心配する。

「そうだね。やはり一緒がいいだろう。私たちはともかく」

うちの子にも、鯛の肉を与えてみた。気にいらなければ構わない。一応、意向を訊くべきだろう。ナマリしか食べない子だったのに、夢中で食べている。

「よかった」私たちは安堵した。食べ物のことで、つむじを曲げられ、恨まれたらこまる。

「だけど」カミさんが声をひそめた。「鯛に味を占め、鯛一辺倒《いっぺんとう》にならないかしら」

「ナマリの背を探すより楽じゃないか。鯛なら皆同じだろう。どこの店にもあるし」

「でもお安くありませんよ」勘定奉行のカミさんが、ピシリ、と言った。

鯛猫は無事に知人に引き渡した。他人様の愛猫を預かるのは、相当に疲れる。私たちは、ガッカリした。

案じていたうちの子の食好みだが、ナマリを出しても、よかった、いつものように食べる。鯛をせがみもしない。「この子、味オンチなのかしら」カミさんが首をひねる。それなら知人のあの子もだろう。

月刊『ねこ新聞』二〇〇九年十二月号

「パルル」の「パ」

尾頭付き

わが家の猫のパルルが、十二歳の誕生日を迎えた。

毎年、お祝いをする。赤飯を炊き、尾頭付きの魚（イサキである）、煮ころばし、シソ入り卵焼き、しらあえ、それにお吸い物を膳に上《のぼ》せる。ショートケーキに、十二本の飾りロウソク。ロウソクに火をともして、「おめでとう」と言い、記念撮影をする。ロウソクを吹き消す。

むろん、吹き消すのはパルルでなく、私かカミさんである。しかるのち、ささやかな祝宴に入る。家族は夫婦のほかに、犬のキキがいるだけ。キキには特別に、湯がいたカジキマグロをドッグフードに添えてやる。

われわれが赤飯を食べ、尾頭付きを味わう。肝心のパルルは何を食べているか。茶色のドライフードである。焼き魚も、ケーキも食べない。カジキマグロなど見向きもしない。好物はナマリ（カツオの生《なま》り節）とこれで、他の物に関心を示さぬ。

いつものドライフードであるが、今日は祝いだから魚の形をしたそれにした。尾頭付きの魚である。パルルは小気味よい音を立てて、ひと粒ずつ食べている。赤飯を口に入れながら、私たちは、つい涙ぐんでしまった。

数か月前、パルルがドライフードを避けるようになった。行きつけのドクターが歯肉炎と診断した。抜歯せねばならぬ。麻酔をかけるため、前夜から絶食を命じられた。水も飲ませてはいけない。翌朝、パルルは空腹に耐えかねて、寝ているカミさんの頭を鳴きながら叩き、踏みつけた。私たちは眠った振りを続けた。こんな辛い狸寝入りはなかった。

ドクターから無事に抜歯したと連絡が入った。麻酔が切れる時間を教えてもらい、迎えに行った。ところが帰宅したパルルは目がすわりだし、私たちを見ると威嚇して吹く。聞いたこともないダミ声で啼く。ドクターに問い合わせると、一時的なショック状態で心配はいらない、と慰められた。翌日になって、いつものパルルに戻った。憑き物が落ちたように、平静になった。昨日の騒ぎが嘘のようである。

今年（二〇一二年）の誕生日は、そんなわけで、なんでもない当り前の噛み音を、特別な感慨で聞いたのである。

命名

カミさんが五十歳の誕生日を迎えた。プレゼントは何もいりません、と言うから、何かほしい物があるらしい。何がいい、と聞いたら、猫がほしいと答えた。八年かわいがっていた犬を見送っていた。生きものは、もうこりごりだ、と答えたら、もう決めてあります、と言う。だから、プレゼントはいらない、と申しました、と笑う。誕生日の夕方に、その猫が届けられた。

狸そっくりの顔をした小猫である。ラグドール、という種類らしい。なんだか手毬のようである。あまり、鳴かない。走らない。おっとりとしている。名前を考えて下さい、と言うから、ハルはどうだろうと提案した。小春びよりのような感じの猫だから、本当は小春の方がいいのだが、洋猫に小春はそぐわない。古風でもある。いっそ、春でどうか。

「ハルですか」カミさんが首をかしげる。

「呼びにくいですね。ハル、ハルなんて」

「ハルよ来い。おかしいか」

二文字だから、そっけないのだろう。三文字にしたらどうか。

「ハルル。ハルルや、おいで。ハレルヤ、と聞こえるね。パにしよう。パピプペポの半濁音は、愛敬がある。ペットの名にふさわしいよ。パルルでどうだい？」

パルルに、決まった。

名前というのは不思議なもので、命名したとたんに、それ以外の名は考えられないほど、ぴったりと似合いの名なのである。

ある日、カミさんが郵便局から血相を変えて帰ってきた。ぱるるという名称の貯金ができたという。是非、パルル名義でぱるる貯金に加入したい。ついてはパルルに漢字を当ててくれ、と頼む。名義人が猫では加入できないだろう、と言うと、だから、人間を装うのです。今どきの女の子の名はパルル式です。漢字にすれば誰も猫と思わないでしょう、と真剣だ。

片カナを漢字にする。簡単なようだが、これが意外とむずかしい。意味を持たせようと考えるから、なおさら厄介である。

巴路児

猫の名「パルル」を、漢字でどう書くか。

パルルの「パ」は、即座に浮かんだ。巴里（パリ）の巴である。ルルが、むずかしい。ルと読ませる漢字を、思いつく限り挙げてみた。

留、流、琉、類、瑠、婁。高い建物や、旅館の屋号に使われる楼も、ルと音読されるらしい。しかし、仮に巴瑠楼と書くと、猫の名前というより、廓《くるわ》の遊女屋のようである。

明治時代の本を調べたら、フランスの文豪バルザックは、巴爾札克と表記されている。バルザックでなく、パルザックである。イタリアの中世都市パルマ公国は、巴爾馬と書かれている。ルは爾だ。

ペルシャ猫のペルシャは、波斯、あるいは巴児西の漢字が当てられ、パルシャ、ハルシヤ、パルシイ等と発音されたようである。ルイ十四世、十六世は、路易と出ている。路もルと読むらしい。

そこで、巴路児とつづってみた。巴里の路上の児である。何となく、わが家の猫にふさわしい表記に思われたが、カミさんが、宿無し猫のようでかわいそうです、と反対した。第一、この表記で貯金通帳をこしらえようとしても、絶対怪しまれます、と言う。

「何と読むんですか、と聞かれたら、ハルコです、と答えたらいい。実際ハルコと読める。嘘も方便だよ。正直にパルルと告げたら、かえって怪しまれるよ」

何しろ郵便貯金の名称が、ぱるる貯金なのである（ゆうちょ銀行となった現在は廃止されている）。

「パルルの名で貯金するのはよそう。気を使うだけ、馬鹿げている」

「そうですね」カミさんも賛成した。「貯金箱を利用しましょう。パルルに、いい事があったら五十円か百円あげるようにしましょう」そう言って、招き猫の貯金箱を買ってきた。茶筒ほどある大きな土器人形である。胸の小判に、巴瑠留と書いた紙を貼った（結局、この表記に決めたのである）。

ところが一向に金を投じる機会が訪れない。

ぬれ鼠の猫

「パルル」の「パ」って、どういうことですか？　とタイトルの意味を聞かれた。

実はこの意味を語るべく、当連載を始めたのだが、本題に入るには、まだまだ時間がかかりそうである。パルルはわが家の猫の名だが、まず容姿と性格を語る必要がある。

飼いぬしの欲目を引いても、器量は悪くない（誰だってわが子をそう思う）。焦茶色の毛並である。狸のような太い尾をしている。生後三カ月でお目見得した時の体重は、一キロ少しだった。半年たつと、四キロを超えた。めったに、鳴かない。図体に似合わず、か細い声である。まず、走らない。悠然としている。春風駘蕩《たいとう》という風なので、春、転じてパルルと名づけたわけだ。のんびりした様子は、見ていて心が和んだ。

来客と話し中に、突然、頭上で大きな音が響いた。私たちは驚いて立ち上がった。二階の居間の本が崩れたと思った。

そうじゃない。パルルが本の山を跳び越えようとして、跳びそこねたのである。せいぜい四十センチ程の高さの山である。本を崩したのでなく、本に脚をひっかけて、自分が転んだ。すさまじい音は、パルルが体を床に打ちつけた音だったのである。カミさんがそばにいて見ていたから、間違いない。なんてヘマなんだ、と私たちは笑ったけれど、これが一度や二度ではない。足を踏み外して階段から落ちたこともある。いずれも凄い音を立てる。猫は敏捷というけれど、パルルに限ってそうではない。のんびりおっとりした性格なのでなく、運動神経が鈍いのである。

ある日、浴室の方でぬれ布団を叩きつけたような音がした。とたんに、針鼠のような物が、すさまじいスピードで私の傍を走り過ぎた。二階でカミさんが悲鳴を上げた。パルルが全身ビショぬれだと言う。急いで浴室をのぞくと、浴槽にかぶせたビニール製のフタが外れている。パルルが何気なく跳び乗ったら、体が重いのでずれて落下したらしい。浴槽には昨夜の湯が張ってあった。私たちは、ゾッとした。

机

「パルル」の「パ」とは、何か。

わが家（中古で購入した住宅）の浴槽は、ステンレス製だった。前の住人が使っていたもので、湯がさめない、汚れない、と勧められてそのまま用いていた。湯船のフタは、プラスチック製である。そのフタが、たぶん、少しずれていたのだと思う。跳び乗ったとたん、パルルの体重で、フタがしなって、まん中から凹み、パルルは前夜の残り湯に落ちた。その場を見ていたわけでないから正確ではないが、フタの半分が浴槽に浸かっていた状況から、そう考えられる。パルルは必死でフタに爪をかけて、這い上がったのに違いない。フタが無かったら――ステンレス浴槽では爪が立てられぬ。

私たちは戦慄した。即座に、浴槽を替えた。フタも、ぶ厚い木の板にした。パルルが跳びはねても、びくともしない。入浴がすんだら、湯を抜くことに決めた。二度と同じ事故があってはならぬ。しかしパルルはよほどこりたのだろう、浴室に近づくことはなかった。

夏になった。クーラーが苦手な私は、わが家で一番涼しい場所は、浴室であることを発見した。半地下の、北側にある。椅子を置くと、浴槽は向きといい広さといい、おあつらえ向きの机になる。窓を開けておけば、風の通りもよい。何より、裸で仕事ができる。書斎で裸は妙だが、浴室なら自然である。すっ裸で原稿を書いたところで、完成した原稿からは、作者がすっ裸で書いたとは誰にも気づかれない。

「パルルが、どこを探してもいないんです」とカミさんが血相を変えて、浴室に走ってきた。「まさか、湯船にいるのではないでしょうね?」「ばかな。一度もフタを開けていない」「念のため、確かめてみて下さい」

方々探したが、見つからない。わが家は兎小屋同然だから、隠れるような所とてない。結局どこにいたかというと、私の机の上に寝ていたのである。書斎代りの浴室の机でなく、二階の本来の仕事机。積んだ本の陰にいた。「パッと煙のように消えるんだから」カミさんが胸をなでおろした。「パルルのパ、か」と私はつぶやいた。

バレリーナ

「パルル」の「パ」とは、何か。

わが家の猫のパルルには、弟がいる。猫でなく、犬である。キキといい、漢字で喜々と書く。中華丼の模様のような名前だが、何しろ年中ご機嫌で跳びはねており、静かな時が少ない。

パルルを見ると、必ず追っかける。パルルは心得て、高い所に避難する。キキは大声でわめく。パルルは、いささか迷惑そうだ。いとも簡単に跳躍するパルルの姿は、バレリーナのようである。

そういえば、彼女の足はトー・シューズをはいているように見える。

ある日、のんびりと歩いているパルルに、キキがいきなり体当りをくらわした。いや、くらわそうとしたのだが、その瞬間、パルルは歩いている姿勢のまま、真上に一メートルほど跳びあがった。

たまたまその場を見ていた私たちは、パルルの見事なジャンプに、思わず拍手をした。

「義経の八艘《はっそう》飛びだ」と私は大時代な賛辞を呈した。

「写真をとればよかった、残念だったわ」とカミさんが残念がった。

私たちの親馬鹿ぶりに気をよくしたか、その後も何度か「八艘飛び」を披露して見せた。パルルがキキを挑発するのである。キキは単純だから、誘いに乗って突進する。待ってました、と衝突寸前に、ジャンプする。私たちが拍手する。パルルは得意げに、魔女のホウキのような尾を、バサリ、と振る。

キキを挑発する時も、このホウキを使う。眠っているキキの鼻先を、バサリとはたく。

行動パターンがわかったので、カミさんがあらかじめカメラを構えた。そしてとうとう跳躍シーンを写真にとった。

「ほら、この足。まるでバレリーナですよ」

カミさんが、バレエ用語で「パ」という言葉がある、と聞き込んできた。フランス語でpasといい、歩む意味だそうである。要するに、バレエ特有の足の運びを称するらしい。

「パルルのパ、ですね」カミさんが笑った。

親は武士

「パルル」の「パ」とは、何か。

避妊手術を受けたわが家の猫のパルルは、何だか体がひとまわり小さくなったようだった。気のせいか、どことなく、よそよそしい。

「うらんでいるのではないかしら」カミサンが、沈んでしまった。「かわいそうなことを、してしまった」

以前、ピコ、という名のメス猫を飼っていた。下《しも》の病気で、苦しんだ末に、短い生涯を終えた。避妊手術を施していたなら、長生きできたのではないか、と悔やまれた。パルルにピコの二の舞を舞わせたくなかった。それで、わが家に来てすぐに、クリニックに連れて行き処置してもらった。

「パルルに子を生ませてあげたかった」

カミさんが、繰り返した。

私どもには、子どもがいない。カミさんは自分の心情を、パルルに重ねたのだろう。

「パルルの両親って、どんな性格だろうね？」

カミさんの気をそらせるつもりで、思いついた話題を出した。

「そりゃ、パルルにそっくりでしょうよ」

「運動神経のにぶさは、どちらから受けついだのか、さ」

「もちろん、男親でしょう」自信をもって断言する。

「そうかなあ。どうして男なんだ？」

「知能は女で、運動力は男、と何かで読んだ気がします」

「そんな単純に分かれるものかね」

カミさんと一緒に、備中高梁《びっちゅうたかはし》の武家屋敷を見学していた時だった。屋敷の通りを、いかにも年寄りの大きな茶虎が悠然と向うに歩いて行く。高禄の武士の風格である。私たちは立ちどまって、彼の後ろ姿を見送った。

武家屋敷の塀の内から、観光客らしい頓狂《とんきょう》な笑い声がした。すると茶虎が驚いたか、わっ、と七、八十センチ程跳び上がった。パルルの跳躍とそっくりである。あわてて走り去る姿に、パルルの男親を想定した。パルルのパパ、と言おうとして、「パルルのパ……」

あとの言葉を濁した。いかに何でも。

パパラッチ

「パルル」の「パ」とは、何か？

パパラッチ、のことである。

一九九七年、イギリスのダイアナ妃が、「パパラッチ」に追われて、交通事故死された。その時、初めて、このイタリア語を知った。有名人をしつこく追いかけまわすカメラマンの意だそうである。原義は、蚊という。

わが家の小型犬「キキ」が、ある日、猫のパルルのオシッコを「食べていた」というので大騒ぎになった。

パルルのトイレは、新聞紙大の浅い箱に、乾燥させたオカラが材料という粒々を敷き詰めて用いていた。オシッコをすると、すぐに固まって、におわない。オシッコの団子を片づければよいので、手間がかからない。大の方も粒々が包んでしまって、処理が簡単である。

キキが食べていたのは、この団子だが、実はよくよく見たら、団子でなく、トイレの「砂」粒であった。オカラのにおいに誘われたらしい。オカラそのものは毒ではないが、加工の過程で何らかの薬品を使っているかも知れない。仕方ない。パルルのトイレを座敷の隅でなく、机の上に置くことにした。高い所であれば、キキは登れないし、パルルも安心して用が足せる。

ところが、オカラに味をしめたキキは、パルルがトイレに行くあとを尾行するようになった。パパラッチである。机の下にうずくまって、パルルが終るのを待っている。パルルは猫の習慣で、すむと前後の脚で砂をかく。しつように砂をかける。ようやく気がすむと、トイレから出るなり、脚を振る。脚に付いた粒々が、机の下にパラパラと落ちる。キキはこのおこぼれをねらっているのだ。

トイレの砂を代えるしかない。オカラでなく、「リサイクル・パルプ」使用の製品にした。オシッコをすると、白い粒が緑色に固まる。変色した部分だけ捨てればよい。キキも今度は見向きもしない。パパラッチ廃業である。

トッパー

「パルル」の「パ」とは、何か?

パルルは、わが家の飼い猫である。

義妹が妙な物を宅配便で送ってきた。衣類の切れ端である。結婚前、カミさんが大事に保存していた、「お気に入り洋服」の柄見本という。体形が変ったため、着られなくなった洋服だが、愛着があって捨てられない。そこで大学ノート大ほど一部分を切り取り、箱に収納して若い時の記念品とした。残りは廃棄した。カミさんはすっかり忘れていたが、義妹が後生大事に保管してくれていたのである。「こんな物、今更、何の役にも立たないわ」とカミさんはありがた迷惑の体だが、しかし、わざわざ送ってくれた妹の手前、捨てるわけにはいかない。思案の末、犬のキキの洋服に仕立てることにした。大きさがちょうどいい。洋服といっても、朝顔の葉っぱの形に切って、左右にヒモをつけるだけである。昔の幼い男児たちの腹掛けである。キキには腹でなく背にかぶせる。腹のところでヒモを結べば、立派なよそいきである。

「よく似合うじゃない？」カミさんが手を打った。「あたたかそうだし、見た目もかわいい」寝ぼけたような薄茶に緑っぽいだんだら模様の、毛糸地である。「昭和三十年代に流行したのよ、これ。トッパーといって、短オーバー」

「そうそう、映画で野添ひとみなど若い女優が着ていたっけ。トッパーか」なつかしい名称である。

キキのファッションは、「犬仲間」に好評だった。散歩に出ると、皆が寄ってきてキキは得意である。

ところが、もっと気に入ったのが、パルルだった。散歩から帰って脱ぎ捨てた洋服に顔をこすりつけ、ご機嫌になった。それはいいが、一日中、洋服から離れない。キキが、おれの服だ、と主張しても、知らんぷりである。

「キキには別の生地で新しく作ってやればいいよ。何しろ、あり余っているんだから」

カミさんに言うと、「トッパーの生地は、他にはないわ。感触が気に入ったんでしょうね。パルルのトッパーにしましょう」と言い、「パルルのパ」フフ、と笑った。

折敷

猫のパルルは、犬のキキの洋服を、いたく気にいってしまったが、それはトッパーの毛糸地が肌に心地よかったからであって、柄や形ではない。うっとりと目を細めて、両の掌で交互にトッパーを押している。生地の感触から、母親を思いだしたのかも知れない。

キキが散歩に行く時間は、トッパーの上に寝ていて、キキが、おれの洋服を返せ、と吠えても知らぬふりをしている。そこでトッパーはパルルに与え、キキには別の生地で新しい洋服を作ってやった。カミさんの手製の洋服だが、何しろ女物の柄なので、オスのキキはお嬢さんに間違えられるのである。パルルと一緒に育ったせいか、性格が優しい。家ではパルルに猛々しく吠え、飛びかかるが、外へ出ると、からきし、おとなしいのである。そこへもってきて、女物の服を着ている（カミさんのお古の洋服生地である）。

「あら、オスなんですか？」と聞かれるたび驚かれるので、カミさんが腐った。

ある時、キキの洋服がほめられ、どこで購入したのか、と尋ねられた。これこれ、とカミさんが説明すると、相手がうらやましそうな顔をする。古着はあるが、キキの着ているようなクラシックな物は無いと言う。よろしかったら差し上げます、とカミさんは答えた。

よかった、これで在庫が片づく、と内心喜んだ。実は持てあましていたのである。キキに悪いと思っていたのだ。カミさんは派手な柄の一枚だけを残して、あとはすべて希望者に進呈した。残した一枚は、パルルのために使おうと考えたのである。

「パルルの着物？　よせ、よせ」私は止めた。

「猫に着物を着せるなんて。似合わないし、第一、いやがるよ。窮屈がって、怒るよ」

「そうね」カミさんが、あっさり撤回した。

「パルルの喜びそうな物は何かしら？　それを作ってやりたい」

結局、パルルの食器を置くマット、折敷《おしき》を作った。気がきいた品になったが、肝心のパルルは別に嬉しそうでもない。

蜂

ベランダからすさまじい悲鳴が聞こえた。洗面所でヒゲを当っていた私は、危うく、頬を切るところだった。おっとり刀でベランダに駆けつける。

カミさんが、「東京音頭」を踊っている。

「どうした？」とサッシ戸を開けると、隙間から水が流れ込むような勢いで、部屋にとびこんできた。「早く、閉めて」と叫ぶ。

「蜂よ。熊蜂」と指さす。物干し竿に掛けたバスタオルの周囲を、まっ黒い空豆が飛び回っている。「刺された?」「間一髪」と言う。「気をつけないといけないな」「気をつけていたのよ」

雀蜂が猛発生している、とテレビが報じていたのである。昨年のことだった。

今年（二〇二二年）の春先、私は部屋に寝ころがって、新聞の「まちがい探し」に興じていたのだが、何だかうすら寒いので起き上がると、ベランダのサッシ戸が十五センチほど開いているのである。カミさんが向うむきで洗濯物を干している。何だ、開けっ放しで、と舌打ちしながら、ベランダの隅に目をやると、パルルが悠然と柵の隙から外を眺めている。「あっ！」と大声が出そうになった。あわてて声を飲み込む。パルルが驚いて、柵から表に飛び出さないと限らぬ。ここは慎重に、冷静に行動しなくてはいけない。さて、どうしたらいい?

カミさんにうかつに声をかけたら、彼女の方がパニックになるかも知れない。

「蜂に気をつけないといけないよ」と私は当り前の口調で、カミさんの背に語りかけた。そして、そろりとベランダに出た。「蜂の季節には早いわよ」何も知らぬ彼女は相変わらず洗濯物に目をやったまま答える。

私は隅に忍び足で歩いていき、さっと腰をかがめるや、パルルを後ろからおさえた。抱き上げると、パルルがのんびりと、どうしたの?と鳴いた。事態を知ったカミさんが絶叫した。私とパルルは仰天して、転落するところだった。「ちゃんと閉めておいたはずよ」カミさんが息せきながら弁解した。たぶん、蜂を心配したパルルが用心棒を買ってでたのだろう、と私は言った。

丼鉢

キッチン入口の壁ぎわに、白地に笹の葉が描かれた丼鉢が置いてある。鉢には水が満たされている。犬のキキの飲み水である。なぜ出入りの激しい場所に置いたかというと、水の汚れや減り工合が、ひと目でわかるからである。気づいた者が、こまめに取り換えることになっている。

この丼鉢にパルルが、首を入れていた。水面を舌でたたくようにして、なめている。犬と猫が同じ容器を用いるのは、よろしくない。何しろキキは毎日、戸外を散歩する。時々、何かをくわえたりする。パルルは一歩も家を出ない。衛生を考えると、食器や水の容れ物は別々にするのが当然だろう。

むろん、パルル用のそれは、一階の電子レンジ置き台の上に、二階はタンスの上に置いてある。キキに邪魔されずに心置きなく飲めるよう、高所に設けてある。日頃は自分専用の容器の水を飲んでいる。たまたま気まぐれに、キキの丼鉢の水を味見したのだろう。

そう思っていたら、次の日からキッチンにやってきては、当り前の顔をして丼鉢に首をつっこむ。キキが怒る。パルルは動じない。

「丼鉢が気にいったのではないかしら?」カミさんが試しに、レンジ台のパルル用の横に並べてみた。すると、丼鉢の方を飲む。自分の容器は見向きもしない。

「やっぱり。猫にも好きな色や形があるらしいわ」カミさんが、それならキキの水鉢はパルルにあげましょう、と容器を交換した。ところが、これはオレのじゃない、とキキが怒って、パルルの容器をけとばした。キキはキキで丼鉢が気にいっていたらしい。

と以上は一昨年の話。東日本大震災当日、地震で棚の物が落下した。パルルの丼鉢も、粉々になった。陶磁器はうかつに高所に置けない。

パルルとキキの食器や水容れは、すべてアルマイト製に換えた。けんかをしないよう、どちらも同じ色と模様の容器にした。パンダの絵柄である。これなら、男物女物の別はない。二匹とも、それぞれの器で食べ、また水を飲んでいる。

めで鯛

猫のパルルと、犬のキキがわが家に来て、初めて迎える正月に（十三年前である）、義妹が遊びにきた。パルルとキキの顔を見にきたのである。義妹はペットを飼えないアパート住まいであったから、言葉巧みに姉をそそのかし、犬と猫をいっぺんに飼わせたのである。そのかわり、食費は私が持つ、と約束した。でも二匹分は出しゃばりすぎるから、パルルだけ負担する、とチャッカリしたものだった。

元日に鯛の塩焼きを持ってやってきた。手みやげにしては貧相な鯛である。

「あら、パルルのご馳走よ」義妹が笑った。

パルルの糧食なら、まあ豪華といっていいだろう。

「だけど食べるかしら」カミさんが危ぶんだ。

試しに、ほんの少し肉をむしり、ほぐして小骨の有無を入念に確かめてから、与えてみた。パルルは鼻を寄せて、正体を見きわめようとしている。そのうち、なめるように小片を口に入れた。しばらく考えるようにうなだれていたが、急に夢中で食いついた。私たちは歓声を上げた。

何しろ、ナマリ以外、魚には見向きもしないパルルだったのである。

「鯛が大好物なんだわ、きっと」義妹が喜んだ。「鯛が好きとは知らなかった」カミさんが嘆息した。「いろんな魚を並べて、ご機嫌をとったのよ。どれも、猫跨《また》ぎ」

「だけど鯛は試さなかったんでしょ？」と義妹。

「鯛はねえ」カミさんが憂い顔をした。「高級魚だからねえ」

「あたし、この次来る時、もっと大きな鯛を持ってくる」義妹が意気込む。「パルルが喜んで、きっと大きくノドを鳴らすわ」

パルルが食べたといっても、小指の先ほどの量である。しかし、食べたことは間違いない。喜んで食べたかどうかはわからぬ。たぶん、義妹にお愛想を使ったのに違いない。なぜなら、次に来たとき義妹は、大奮発して高価な大鯛の焼き物を誂《あつら》えてきたのに、パルルは近寄りもしなかった。魚の化け物と思ったのかも知れない。

ナマリ

パルルは最初のうちは、たぶん好奇心からと思うが何でも食べたけれど、そのうち選り好みをするようになった。ナマリしか食べなくなった。しかも、ナマリならどれでもいいわけでない。ある特定の店のナマリ以外は見向きもしない。

よほど気にいっているらしいわね、とカミさんは、むしろ歓迎していた。パルルの好みの品を置いてある店は近所だし、日頃一番の行きつけである。買物ついでにナマリを加えればすむので、楽だった。

ところが、ある日突然、その店が看板をおろしてしまった。老夫婦が切り回していた店だった。夫が腰を痛めてしまい、それを機に閉業したのである。

カミさんは泡を食ってしまった。パルルの好物探しに、あちこちの食料品店やスーパーや魚屋を、自転車で走りまわった。次々とナマリを買ってきて、パルルに味見をしてもらう。どれも好みでないらしい。ひとくち食べただけで、プイ、である。まさか捨てるわけにいかない。マヨネーズを使ってサラダにしたり、キュウリの酢の物にしたり、筍と煮込んだり、われわれがこなす羽目になった。毎日、ナマリのおかずである。さすがに、いやになった。義妹にも押しつけたが、そのうち、わが家に来なくなった。猫を飼っている知人たちに助けを求めた。ところが、パルル同様、それぞれ好みがあるらしい。ナマリなら何でも構わぬという猫は見当らぬ。

知人から耳寄りの情報を得た。大抵の猫がナマリの血合《ちあい》の部分を嫌う、というのである。なるほど、パルルが喜んで食べるのは、石鹼のように固い肉で、茶色くて柔らかいところは例外なく残す。

カミさんは以来、この「石鹼」ナマリを漁るようになった。それでわかったことは、この部分は愛猫家にまとめ買いされて、血合の所だけ残っている。夕方、買物に行ってはだめ、と知り、何時頃に店頭に並ぶのか、調査を始めた。パルルにはそんな苦労はわからぬ。

猫の散歩

近くの公園の一部は、犬の散歩場所に開放されている。朝の時間に行くと、同じ顔ぶれの「犬仲間」と会える。おやつの交換があり、世間話に花が咲く。世間話はむろん犬のことで、貴重な「犬情報」が得られる。たとえば、どこのクリニックは通りいっぺんの治療ですますとか、診察代が高いとか、あちらの美容室はサービスがいいとか、このドッグフードが栄養が満点とか、なになに通りは大型犬がいて危険、等々である。猫の話題は一切出ない。

ある日、見なれぬ犬が向うから歩いてくる。飼いぬしも、初顔である。何という種類の犬だろう、と興味しんしんで近づくと、なんと犬でなく猫だった。ずいぶん太っている。引き綱を持った女性が、説明した。

クリニックで肥満の害を指摘され、食事量を減らしたり、エサを低カロリーのものに替えたり試みている。運動不足と言われたので、こうして散歩している。毎日二回、戸外に連れだし、一週間になる。

「犬に吠えられるんです。怪しいものに見えるのでしょうね」女性が苦笑した。ダイエット効果があるか、と訊《き》いたら、「それが」と口をにごした。

「おなかがへるらしくて。前よりも食欲が増して。かわいそうで、つい、おやつを与えてしまうんですが」

ドクターには本当のことが言えない、と顔をくもらせた。私も返事にこまった。

カミさんに話すと、実はパルルもこのごろ体重が増えている、と打ちあけた。「運動量が少なくなりましたからね。年のせいで」「しかし、引き綱をつけて戸外を歩かせたくないよ。かわいそうだ」

昔、友人が飼い猫を散歩させていた。庭付きの邸で自由に飼われていた猫を、ある事情で引き取ったのだが、友人はマンション住まいのため、猫が欲求不満におちいったのだ。やむなく散歩に連れだしたのである。子どもたちが「猫の犬だ」とはやしたてたという。

パルルにはシニア用のキャットフードをやることにした。

毛玉

パルルが、物を食べなくなった。大好物のナマリにも、顔をそむける。あるいは、同じ味に飽きたのかも知れない、と産地の異なるナマリを取り寄せて皿にのせたが、食べない。あらゆるキャットフードを試した。見向きもしない。水だけは飲む。といって、加減が悪そうには見えない。いつものような表情で、いつものように寝ている。

クリニックに連れていった。ドクターがひと通り診察したあと、病気ではありませんね、と断言した。毛玉がつかえているのかも知れないな、と言い、もう少し様子をみてみましょう、ととりあえず首筋に栄養分の点滴注射を打ってくれた。

その翌日、二階から異様な声がした。「キキを上げないで下さい」とカミさんが叫ぶ。私は犬のキキと一緒に、階下でテレビを見ていたのである。あわてて、膝元のキキの体をおさえる。キキは私たちの大声を耳にすると、血相変えて大声の方に突進する習性がある。飼いぬしに異変があった、と受け取るのだろう。本能で駆けつけるのである。

私は私でパルルに何事か起こった、と取った。キキを抱いて急いで二階に上がった。

「これを見て下さい」カミさんが床を指さした。四、五センチほどのゴボウが転がっている。そのそばに、泥を拭ったらしいチリ紙の固まりが散乱している。ゴボウではない。

「毛玉ですよ。パルルが吐いたんです」

「こんなに大きなやつを?」「食べないわけです。食べられなかったんですよ。のどを塞《ふさ》いでいて。まるでコルクの栓です」

指で触れると、石のように固い。毛がからみあい、長い間に凝結してしまったらしい。

「かわいそうに。苦しかったろうね」「吐く時、なかなか出てこなくて、見ていて痛ましかったわ」

スッキリしたのか、パルルは以前に増して食欲旺盛になった。巨大な毛玉は記念に保存を考えたが、カミさんの反対で捨てた。確かに、とっておく物ではない。

猫の草

もうずいぶん昔の話だが、仲間たち数人と東京下町散策をしていたら、手造りの物を売る小さな店があって、「キャット・グラスあります」という札が掲げてあった。猫好きの女性が私たちを待たせて、勇んで駈け込んだ。と思ったら、すぐに苦笑しながら出てきた。

「エルでなく、アールだった」と言う。

猫のデザインのガラスコップか、と思ったら、猫の草だった、というのである。

「日本語で書いてくれればいいのにねえ」と犬の好きな女性が笑った。

「だけど猫の草では売れないいんじゃないか。ストレートすぎるよ」仲間の一人が言った。

「あら? どっちにしろ猫を飼っている人しか求めないわよ」猫好きの女性が反論した。

私たちは歩きながら、猫の草のネーミングについて話し合った。

「猫サラダはどう?」「いやだわ。猫を食べるみたいで」「じゃ、猫のサラダ」「同じよ」「ニャンコの好むサラダ」「好むかしら? あの草を食べると吐くのよ。吐くために食べるのよ」「吐くために? へえ。そういう食べ物もあるんだ」ペットを飼ったことのない仲間が、驚いたように頓狂《とんきょう》な声を上げた。

以前、わが家のパルルにも、ときどき猫の草を与えていた。食べるのでなく、むしって噛むだけである。稲に似た青草だった。さわっても稲の葉のようなざらついた感触はない。どうしてこの青草に毛玉を吐かせる作用があるのか、わからない。でも、確かにパルルは、二、三度吐いた。毛玉は出なかったが、効果はあるらしいとわかって、カミさんが何鉢か買ってきて、あちこちに置いた。ところがその一鉢を、キキがそっくり食べてしまったのである。カミさんが仰天して、あわててクリニックに連れていった。わけを聞いてドクターが大笑いした。「毒を飲んだのかと思いましたよ」「でも猫の草を犬が食べてしまったものですから」「キキはナマリも大好物でしたよね。パルルの食べ物はすべてご馳走と思っているのじゃありませんか」

猫の草という名が悪い、とカミさんは名称のせいにした。

猫跨ぎ

「猫跨《また》ぎ」という言葉があるよね？　と友人が言った。

「まずい食べ物のことだね？　もともとは魚のことを指したんだろうね」と私。

「そう。魚の好きな猫でさえ、跨いで通り越す魚だ。ところがさ、この言葉には全く正反対の意味もあるらしい」

「正反対？　すると、おいしい魚のこと？」

「そう、美味な魚」

「本当？」

『広辞苑』にそう出ている、という。引いてみた。なるほど、本来の意味の他に、「猫が残りを食う余地のないほどきれいに魚を食べること。また、それほど美味な魚」とある。

残りを食う、という意味がよくわからないが、それはそれとして、どうして「猫跨ぎ」につながるのだろう。跨ぐべき魚は無いのではないか。食う余地が無いのだから。よその猫は知らないが、大体、好物の魚なら頭も骨も余さず食べてしまうのではあるまいか。肉の部分だけ選《よ》って食べる猫がいるのだろうか（飼いぬしが骨や頭を除いて与えるなら別である）。

その話を猫好きの知人に語ったら、「そういえば、エノコログサもその口ですよ」と言った。「ほら、犬のしっぽのような穂の出るイネ科の草。あれは、ネコジャラシともいいますよね。犬と猫、両方の名称を持っています」

猫ババとか、猫かぶりとか、いやな言葉だ、という話に発展した。

「猫ババは大便を隠すところから、悪いことをして知らぬ振りをする、なんて意味に使われるけど、あんな物を隠すものですか。きれい好きだから始末しているんです。辞書の語義は書き直すべきじゃありませんか」

「猫かぶりなんて、猫に失礼です」

「無益に死ぬことを犬死にといいますよね。これは猫に当てはめて用いたら、おかしいですよね」「犬に使ってもおかしいのでは?」

辞書の猫に関する言葉を洗い直してみる、と知人が約束した。さて、どうなったか?

四畳半

わが家は築四十年のオンボロ兎小屋だが、知人たちがうらやましがるのは、畳敷きの小部屋があることである。四畳半のそこは、茶の間に使っている。気軽に寝ころべるのが、いい。週刊誌などを読んでいると、犬のキキが傍らにきて、うたた寝をする。

やがて、猫のパルルが顔を出す。パルルは、ヌウ、と音もなく現れるのでなく、ドタドタと足音を鳴らして階段を下りてくるから、ああ来たな、とすぐわかる。キキも気づいて、入ってくるな、と吠えたてる。茶の間はキキのテリトリーなのである。けれども、パルルは平気なもので、悠々と入ると、キキをいら立たせるように、畳をかきむしる。盛大に爪をとぐ。キキは怒る。パルルは、わかったよ、というように悠然と出ていく。

キキが散歩で外出中は、鬼の居ぬ間の洗濯とばかり、畳に仰向けになっている。のどを鳴らしてご機嫌である。畳の感触が好きなのだろう。一昨年、キキは健康診断で脾臓の異常を指摘された。三ヵ月ごとに検診が必要と言われ、その通りにした。すると、少しずつ肥大している。これ以上放置すると、何かのきっかけで破裂しないとも限らない、大事に至らないうちに手術で摘出しましょう、と宣告された。キキは十三歳である。果して耐えられるか。大丈夫です、とドクターがうけあった。任せて下さい、手術は簡単です、と言う。私たちはドクターの腕を信じた。

昨年の暮れ、キキは三日間入院した。留守の間、パルルはずっと四畳半を占領した。しかし、仰向けにもならず、爪をとぎもしない。しんみりと、うずくまっている。キキの砦を忠臣よろしく守っている体だった。

キキの手術は成功し、思ったよりも元気に退院してきた。キキを見て、パルルが畳を大仰にかきむしった。キキが吠え、追い立てる。パルルが飛び上がって逃げる。からかっているのである。二匹は元の日常に戻った。

それはいいが、畳は毛羽立って汚らしい。いっそ洋間にしようか、と思案している。

ゴザ

近所にビルが建設されることになった。工事中は、騒音と共にかなり地面が揺れるらしい。わが家は築四十年の、オンボロ住宅である。東日本大地震では、かろうじて踏んばったが、今度あのクラスが襲ったなら、ひとたまりもあるまい。

ビル建築業者が、わが家の写真を撮りに来た。工事によって家屋が損傷したかどうか、写真で判断するためである。「工事前」「工事後」のわが家の変化を見るわけだ。

壁の至るところに、ヒビが入っている。写真を見て初めて知った。先の大地震で大丈夫だったどころではない。大きなヒビである。

恐ろしくなって、懇意の工務店に連絡した。今にも壁が崩れそうです、と大げさに告げたものだから、親方がすっ飛んできた。

そして、まっ先に、壁もすごいが、畳もひどいね、と言った。例の、パルルの爪とぎで、居間の畳がささくれ立っている。

「壁を塗るついでに、畳も替えましょうや」

「そうします」一言も無い。

翌日、畳屋さんが入った。朝、汚れた畳を運びだし、夕方にはすっかり新品になって敷かれた。

「わあ。気持ちよい」

青畳に寝転ぶと、犬のキキも喜んで仰向けになった。聞きつけて、パルルも飛んできた。そして早速、爪をとぎ始めた。わあ、やめろ、とキキが吠える。何でさ、いいじゃないの、とパルルはやめない。キキが威嚇すると、なおさら、むきになってとぐ。新品の畳表が毛羽立ってきた。パルルが気にいっているのに怒るのも忍びない。

カミさんが、安いゴザを二枚買ってきた。それを敷いた。

「折角、新しい畳の感触を楽しめると喜んでいたのになあ」「仕方ないですよ。背に腹はかえられません」

ところがパルルもゴザは気にいらないらしく、ゴザがかからぬ部分を見つけて爪をとぐ。ゴザは爪が引っかかると持ち上がるため、とぎ甲斐がないらしい。

シニア用

異常な暑さ続きで、あるじが食欲不振におちいると、釣られたようにカミさんがなり、犬のキキが加わり、最後にパルルも仲間入りした。人間はともかく、動物たちは口がきけないだけに大変である。犬はまだいい。食いしん坊だから、人間がうまいうまいと言いながら食べて見せると、オレにも味を見させろと身を乗りだしてくる。この際、塩分の多い物だからいけない、と言っておれぬ。食べてくれさえすれば、いい。

厄介なのは、十三歳のパルルである。日頃はナマリと、ドライフードしか食べない。どちらにも見向きもしなくなった。食べそうな物を探さなくてはならぬ。カミさんが日記を繰って、過去に一度でも口にした食物を抜き書きし、それらを買ってきてご機嫌を取った。

何十種類もの缶詰である。「こんなに、いろいろ食べたかねえ」素麺《そうめん》だけすすっているあるじは、驚いてしまった。

「若い時は、あれこれ試しましたからね」カミさんがひと缶ずつ開けながら答えた。パルルの皿に、ほんのひとすくい盛っては、鼻先に差しだすのだが、パルルは匂いもかがずに、ぷいと横を向く。仕方なく、次の缶を開ける。これも、駄目。

「小さい時は、とにかく一度は口に入れたんですけどね。騙《だま》されたと思って少しでも食べてくれると助かるんだけど。あら、また嫌われた」「だけど、どれもいい匂いがするね」

試しに味を見ると、いける。もったいない、開けた缶詰を二缶平らげてしまった。うまいうまい、と三缶目に手をつけたら、パルルが四缶目のひとすくいをなめだした。あるじの健啖《けんたん》ぶりに、乗せられたらしい。そして、たちまち一缶を食べきった。私たちは手を打って喜んだ。カミさんが缶詰の銘柄を記録する。「あら? これ、子猫用だわ。カロリーが高い」「いいさ。この際、カロリーがどうのと言っていられない。食べてくれれば御《おん》の字だ」

ちなみにあるじが舌鼓を打った缶詰は、シニア用とあった。

パラフィン紙

明治四十三年に、石田孫太郎という人が、『猫』を出版した。わが国初の猫研究書といわれる（昭和五十五年に復刻された）。石田は養蚕指導者で、蚕の敵は鼠である。鼠退治は猫に限るとあって、それで猫の研究に勤《いそ》しんだらしい。

この本に、猫は赤色を好む、とある。いろいろな色の布で試した結果、絶対とは言い切れないが、まず赤を好む猫が多い、とあった。従って首輪はこの色を選ぶのが無難、と。

本当だろうか。わが家のパルルに、七色の丸いビーズで反応を見たが、どの色の玉にも関心を示す。転がる物が面白いようである。

ところが、ある日、赤い表紙の本に、異常に顔をこすりつける。顔がかゆくて、本の角で掻いているのだろう、と見ていた。どうも、そうではないらしい。そのうち仰向けになり、後ろ脚を宙に蹴る。ご機嫌のしぐさである。マタタビの香りでもついているか、と嗅いでみたが、それらしき匂いは無い。

赤い表紙の本は、『少年小説大系』の一冊で、昨日、友人から借りてきたものである。戦前の漫画が収められており、中に島田啓三の「ネコ七先生」という四コマ漫画がある。ネコ七という猫が主人公だが、まさか、パルルがこれに興奮したとは思われぬ。やはり、赤い色だろうか。

もしかしたら、と、本の持ち主の友人に問い合わせた。案に相違して、猫は飼っていないと言う。

「じゃあ、マタタビか何か食べてない？」「マタタビって猫の好物だろ？　おれは猫じゃないよ。一体どうした？」

かくかくと語ると、変だね、そいつは変だ、と不思議がる。

しかし、パルルの異常行動はその一回きりだった。鼻先に差し出しても見向きもしない。友人に返す際、あっ、と思い当った。本に掛けてあるパラフィン紙である。箱から取りだす時に破く恐れがあるので、外して読んでいた。借りてきた時は、むろん掛けたままだった。パルルはパラフィン紙のパリパリという音を楽しんでいたのに違いない。

ハンビョウ

カミさんが友人と電話で話している。「ハンミョウが」「ハンミョウが」としきりに言う。ハンミョウというのは、大豆畑にいる虫で（豆ハンミョウという）、筒形の黒い体に黄色い縦線が三本入っている。子どもの頃、決して口に入れてはならぬ、と言われていた。猛毒なのである。時代小説などに、この虫で殺人を企てる話が、よく出てくる。

「あら？　猫のことじゃないんですか？」カミさんが驚いている。

「斑猫と書いて、ハンミョウと読むんでしょう？」

確かに漢字でその通りだが、猫ではない。虫である。辞書で調べると、やはり虫だった。私はハンミョウというと毒虫のことだと思っていたが、そうではない種類もあるらしい。山道に多くいて、近づくと道に沿って人の行く先に飛ぶ。そのため、道教え、道しるべなどと呼ぶ。そう、ある。

「あら？ でも竹内栖鳳《せいほう》の有名な猫の画題はハンミョウだわ」カミさんが主張する。

竹内栖鳳展が開かれているので、友人と見に行く約束を交わしていたのである。栖凰の本を開いたら、「班猫」とあり、ハンビョウとルビがついていた。電話の相手はそのように発音していた、とカミさんが言った。間違いだと言えなくて、わざとハンミョウと繰返したが、実はカミさんが誤っていたわけだ。しかし、ハンビョウとは聞き慣れない。斑犬と書くが、これはマダライヌと言い、ハンケンとは言わない。猫もそうではあるまいか。マダラネコ、またはブチネコでは？

栖鳳の班猫は、座って毛づくろいをしている猫である。首を曲げ、腰の辺をなめていて、ふと、人の気配にこちらを見た、その一瞬を描いた。何ともなまめかしいような、あるいは神秘的な、なつかしいような目つき。ブチネコでは平凡で、やはり、ハンビョウの方が意味ありげでふさわしいか。でも、ハンミョウでもいいような気もする。別名、道教え、道しるべが意味深ではないか。

パチパチ

パルルの体重を量ろうとして抱きあげたカミさんが、「あら？」と声を発した。巻き爪である。そういえば、この夏、一度も爪を切っていない。猛暑で義妹が遊びに来なかったからである。

パルルの爪切りは、私がパルルを背後から抱き、カミさんが爪切りで慎重に行う。深爪しないよう、用心深く切る。私はパルルが身動きしないように、手足を軽くおさえている。すると、犬のキキが吠えながら飛びかかるのである。労《いたわ》られるパルルに嫉妬しているようなのだ。キキが騒げば、パルルはいやがってもがく。爪切りは危険な作業になる。

そこで義妹がわが家に来るたび、彼女にキキの相手をしてもらい、その隙にパルルの爪を処置することにした。一ヵ月に二、三度は顔を出す義妹なのに、連日の猛暑に閉口して義理を欠いたのである。

カミさんが電話をかけた。一時間ほどして、「はい。パチパチ助手、ただいま到着しました」そう言って義妹が現れた。

「すみませんねえ。忙しいのに」カミさんが、すまながる。「早いところ、すませるね」パチパチというのは、パルルの爪切りのことである。

足元に新聞紙を敷く。パルルの爪を受けるためである。猫の爪は鋭いので、うっかり踏むと飛び上がるほど痛い。床に散らかさないよう、何枚も新聞紙を広げる。切った爪が、パチパチといい音を立てて落ちる。それでパルルの爪切りを、パチパチと呼んでいる。「パルル」の「パ」とは、パチパチのことなのである。カミさんは切った爪を、日付を記した紙片と共に、小さなビニール袋に入れて保存している。ずいぶん、溜まった。十三年分、ある。少し頒《わ》けてよ、と義妹が言う。

「だめ。これはわが家の宝物だから」カミさんが断る。「ケチ」義妹が憎まれ口を叩く。

「パチパチでなく、これからはケチケチと呼ぶよ」

それがいい、とキキが同調した。完《クワン》と吠えたのである。

月刊『ねこ新聞』二〇一二年二月号~二〇一四年一月号

【思い出】

凧の足

お正月様は、どんな貧しい家にもやってくる。特に子どもは、そう思っている。つきたての餅は食べられなくても、お年玉はもらえると信じている。私が小学三年生の元旦、それをねだった時の、母の悲痛な表情を今も忘れない。貧乏のどん底時代だった。

私は奴凧《やっこだこ》を買うつもりで、正月を心待ちにしていたのである。新聞紙を切ってつなぎ、長い長い凧の足をこしらえ、凧の入手に備えていたのである。恐らく母はどこかへ行って工面してきたのだろう。奴凧の代金をくれた。

私は喜び勇んで駄菓子屋に走った。ここは子どもたちで溢れている。

「凧の足を持って買いに来る子は珍しい」と私は店のおばさんに感心された。飯粒をもらって、その場で奴凧に足をつけた。「ずいぶん長い足だねえ」またまた珍しがられた。

私は凧を持って川の土手を走った。ところが風が無いので、少しも上がらない。なまじ長い足をつけたために、上がらないと引きずって厄介である。ふと、振り返ると、白い子猫が凧の足にじゃれている。足が動くので面白いらしい。どこまでも、ついてくる。

往来で、毎日わが家に配達に来る郵便屋さんと出会った。「坊やのとこの猫か。何か白いものをくわえて引っぱっているぞ」と言う。「坊やの真似して凧揚げのつもりらしいぞ。おや？」としゃがんだ。子猫の口から何か取り上げた。蛇の脱け殻である。

「こいつは縁起がよい。坊や、こいつを譲っておくれ」と言う。

脱け殻を財布に入れておくと、金が溜まるのだという。

「十円で買う」とお金を出した。

私は考えて、半分だけ売る、と言った。

郵便屋さんが、苦笑した。

「坊やは商売人だな。仕方ない。縁起物だ。十円でいただくよ」

私は思いがけぬお年玉を得た。

郵便屋さんは半分にちぎって折り畳み、大きな財布にしまいながら、ヒヒヒと嬉しそうに笑った。そして残りを私に渡しながら、「坊や、大切にしなよ」と言った。

「ありがとう」

「おめでとう」

口笛を吹きながら、自転車を走らせて去った。年賀状の配達にまわっているのである。

私は脱け殻を母に進呈するつもりで、大事にズボンの、ポケットに収めた。

白い子猫は捨て猫だったらしい。わが家に居ついた。ミイコ、と名づけて、かわいがった。

『別冊暮しの手帖　お正月の手帖』二〇〇七年版

土手の光

少年の日の夏の一日は、どうしてあんなに長く感じられたのだろう。今思うと、一日が三十時間くらいあったような気がする。

とりわけ、小学六年生の夏休みは、これまでの中で最も充実した時間だったように思う。中でも、あの一日。あの一日は、私には三日分ほどの長さであり、三日間くらいの内容が詰まった、忘れられない思い出である。これを、語ろう。

私が生まれ育ったのは、茨城県南部の水郷地帯である。霞ケ浦《かすみがうら》と北浦《きたうら》という二つの湖に挟まれた村で、従って夏休みは、朝から夕方まで北浦で泳ぎまくっていた。

湖畔のあちこちに入江があり、舟小屋があった。舟をつなぐ棒杙《ぼうぐい》が並んでいて、私たちはこの杙を伝って泳ぎながら、湖に出る。舟の通るまん中辺は深いので、岸辺の浅瀬で遊ぶのである。岸には葦や蒲《がま》が生い繁っている。葦原は裸で入ると痛いので、私たちは蒲原を遊び場にした。蒲はムシロの材料である。二メートル余の丈があり、夏は、茶色の穂をつけた。その形から、子どもたちは、「アイスキャンデー」と呼んでいた。菖蒲の葉に似た長い青々とした葉が水中から繁っていて、蒲の原に分け入ると、体にからまれる。蒲原には蛇がいるといわれ、私たちは恐れをなして、奥には入らなかった。川蛇は湖に棲息しており、毒をもつという。もっとも、誰も見たことがない。たまに泳いでいる蛇を見かけたが、それはヤマカガシだった。川蛇は全身まっ黒のカラス蛇に似ているという。

そう教えてくれたのは、同級生のKだった。Kの家は北浦湖の漁師である。漁師が言うのだから、でたらめではなかろう。

「いいか。誰にも言うなよ」Kが私に耳打ちした。「二人で金もうけをしよう。お前、真珠って知ってるか?」

「知っている。高いぞ」

「あれ、何から取れるか知ってるか?」

「真珠貝だろ」

「タン貝からも取れるぞ」

「嘘だろ?」

タン貝というのは、カラス貝のことである。二十数センチもある大きな黒い貝だった。肉はまずくて食えない。北浦では、おなじみであった。

「兄貴が見つけたんだ。ひと粒、何万円かで売れたそうだ。二人だけでタン貝を拾わないか。真珠探しだ」

「探すって、どの貝にも入っているわけじゃないんだろ?」

「むろん。運がよくなくちゃ見つからない。見つかれば、大もうけだぞ。宝探しだ」

「やろう。二人だけで秘密に探そう」

かくて、六年生の夏休み、私とKは誰もいない北浦の蒲原に分け入り、胸の上まで水につかって、砂にひそむ貝を足先でさぐった。最初のうちは川蛇が恐かったが、「蛇は昼間は寝ていると兄ちゃんが話してたぞ」というKの言葉に安心した。

貝を見つけては水から上がり、持ってきた石ころで殻を破って、真珠があるか確かめる。タン貝の内側は青白く、陽に当ると時に七色に光って見える。真珠がありそうな色である。昼食はKが持ってきたトマトをかじって、すませた。空腹を覚えないほど夢中だった。

日が暮れてきた。真珠は見つからなかった。

「おい。あの光は何だ？」Kが土手を指した。

土手の上が、白く光っている。

「何だろ？　何か置いたっけ？」

「置いたのはタン貝だ。タン貝の死骸」

貝殻を破ると、中の肉は当然、日に当って干からびてしまう。二人で拾った貝が何個か土手に散らかっている。

「あれは、きっと真珠だ」私たちは興奮した。

急いで水から上がり、土手に駈けつける。もう一度、貝を調べる。しかし、暗くてよくわからない。不思議に近寄ると、光らないのである。

そして結局、見つからなかった。Kと別れて帰宅した時は、夜九時近かった。長い長い一日だった。

『PHP　ほんとうの時代』二〇〇七年七月号

灰とタンポポの綿

ちょうど半世紀前、私は東京中央区月島三丁目にあった古書店の、住み込み店員であった。一日の仕事は、冬はまず火鉢の火熾《おこ》しから始まる。

当時の商店のほとんどは、表が開けっぱなしである。店番は火鉢で暖をとっていた。炭でなく、安価な煉炭である。一個で一日持つ。

まず、前日の灰を片づける。煉炭の形のまま残った灰を、崩さぬようにそっと火鉢から取りだし、路地に持ち出す。アスファルト舗装でない道の至るところに穴ぼこがある。雨が降ると、そこは深い水溜りとなる。その穴に灰を捨てる。靴で踏み固める。どこの家も店も、そんな風にして処理していた。

従って大風でも吹こうものなら、道路から煙のように灰が舞い立った。東京オリンピック前の東京は、どことなく灰くさい町であった。

煉炭は火熾しが厄介で、なかなか付かない。私は大いに苦労した。七厘を店の表に持ち出して、古新聞紙を丸め、マッチで火を付けるのだが、一向に煉炭に燃え移らないのである。

「いらだっちゃだめですよ」と斜め向いの雑貨店の番頭さんに言われた。

「舌打ちすると、火というのは、機嫌をそこねて、ますます意固地になる。おだてるのが、コツですよ。ほら、うちわで風を送る。あおらなくちゃだめ」

うちわも上から下にあおぐのでなく、下から上に、ゆっくり動かせ、と教えられた。

（持ち手を上向きにする）

「おいらは金もうけは下手だけど、火を熾すのは得意なんだ」と笑う。「だけど、こんなこと、大きな声で自慢できない。放火魔だと思われるからね」

確かに番頭さんの手際は鮮やかだった。一番早く、火を熾し、さっさと店に引っ込む。ぐずぐずと最後まで奮闘しているのは、私だけだった。

なつかしい光景だ。もはや二度と、あんな冬の朝のひとときを見ることはないだろうし、隣近所同士であのような会話を交わすこともないだろう。東京の町なかで。

私は勝どき五丁目の船会社から注文を受けた本を届けに行った。

そこに、雑貨屋の番頭さんがいた。やはり商品を納入に来ていたのである。船会社は、船に積む日用品を、まとめ買いする。

「一緒に帰ろうか？」番頭さんも荷台の大きな自転車で運んできたらしい。

「この辺を回ったことある？」と訊く。私は初めてだった。

「それじゃ珍しい場所に案内するよ。ついておいでよ」と先に自転車を走らせる。

勝どき五丁目の一番外れである。島の端はそのころ一面の草原で、隅田川の河口が広がる。草原には鉄条網がめぐらされていたが、番頭さんは構わず両手で上下に広げると、さっさと中に入っていく。私もついていった。

「ほら」と指さした。川を隔てて、対岸が目の前にある。しかし、番頭さんが私に示したのは、高く聳える、赤と白のだんだら縞の東京タワーであった。完成して、まだ間もない。

「わあ」私は思わず歓声を上げた。こんなま近に見えるなんて。

「いい場所だろう？　案外知られていない。ここは東京タワーを眺める穴場だよ。誰もいないし、静かだし」

番頭さんが誇らかに言った。

「人に教えちゃだめだよ。君には特別教えるんだから」

「誰にも言いません」

「寒いなあ」番頭さんが、ふるえ声でぼやいた。「冬はここはだめだな。吹きっさらしだ」

「春がいいですね」私はまわりを見回した。「これ、皆タンポポですよ。春になると、この辺は、まっ黄色ですよ。タンポポの原の向うに、東京タワー。絵になりますね」

「君、恋人、いる？」いきなり訊く。

私が首を横に振ると、

「恋人ができたら、ここに連れてこいよ。きっと喜ぶぜ」

「そうですね。春先がいいですね」

「春までに、恋人をこしらえろよ」

「できるかなあ」

店先で煉炭を熾しているような若者を好いてくれる、奇特な女性が果しているだろうか。

「タンポポの白い綿を恋人と吹き飛ばすんだ」番頭さんが夢見るような口調で言った。

私より四つか五つ上の人だったが、実際それは彼の夢だったのかも知れない。自分の夢を語ったのかも知れない。

「その綿が風に乗って、東京タワーの方に流れていく」

「ああ、いいですねえ」

「東京タワーの展望台まで飛ぶ。展望台の見物人がタンポポの綿と知って、大騒ぎする」

「春がきた、と知るわけですね」

「君は恋人とここからタワーを見るか、それともタワーでタンポポを眺めるか。どっちを選ぶ？」

「うーん」としばし考え込んでしまった。

『うえの』二〇〇八年二月号

両国駅

明日が十五歳の誕生日という一九五九（昭和三十四）年三月三十日に、私は総武線の両国駅に降りた。番頭さんが迎えてくれて、この日から私は東京都中央区月島の古書店店員になった。今に続く東京生活の第一歩を踏んだ駅だから、両国駅は私には忘れられぬ記念の駅である。

以後、年に一、二度、帰郷の際は必ずこの駅を利用した。月島から系統番線23の都電に乗り、東両国緑町で下車する。清澄《きよすみ》通りから少し歩いて両国駅に入る。駅前にラーメン屋さんがあった。田舎から戻った時に寄ってみよう、といつも思うのだが、両親に託された店へのみやげ物が大荷物で、素通りせざるを得ない。帰郷は早朝だから、当然、店は開いていない。

先日なつかしくて、ブラリと行ってみた。両国駅東口の清澄通りへの出入り口は、昔と変わらぬ。ホームへの階段も、五十数年前のまま。二十九歳で月島の古書店をやめるまで、何回この駅の階段を上がり下りしたろう。私の足跡が残されているわけだ。ラーメン屋も健在だった。

『朝日百科　週刊ＪＲ全駅・全車両基地』40号　二〇一三年五月十六日

口パクパク

一九六〇年代をあらわす言葉といえば、「高度経済成長」「消費革命」「レジャーブーム」だろう。物があふれ、使い捨てが美徳といわれた。生産が消費に追いつかない。労働力が不足し、地方の若者が引っぱり凧になった。中学卒の少年少女たちが、四、五校ずつ、あるいは地域ごとにまとめられ、東京や大阪など大都市に送り込まれた。いわゆる「集団就職」である。今は死語となったが、この呼称も六〇年代を象徴しているだろう。

私も集団就職の一人で、昭和三十四年三月に上京した。当時の東京は、人であふれていた。どこに行っても人だらけで、現在よりはるかに活況を呈していたのは、地方の若者が多かったせいである。

映画館や遊園地、食堂やレコード店など、同年代の三、四人連れが常に見られた。都会に慣れていないから、気心の知れた仲間と行動を共にする。

私も休日は、同じ集団就職組の幼なじみ数人と、待ち合わせて過ごすのが常だった。下町の「もんじゃ屋」（文字焼き。お好み焼きの一種）で、他愛のない世間話に興じるのだが、一番安上がりのレジャーであったのだ。もんじゃ屋のラジオから、流行歌が流れていた。Kが口ずさみだした。

Kは卒業式後の謝恩パーティで、山下敬二郎の『ダイアナ』と、石原裕次郎の『嵐を呼ぶ男』と、若原一郎の『おーい中村君』を歌って、大喝采を得た。ロカビリーも歌謡曲も何でも器用にこなす。この時の歌手の名から、Kは「K一郎二郎」というあだ名を奉られた。

「おれよ、先月、ポータブル蓄音機を買ったんだ」Kが自慢した。

「本当?」私たちは、目を丸くした。

「給料はたいてよ。貯金もおろしてさ。僕は泣いちっち」

「でも、喜びの涙だろ? 独りでほくそ笑みちっち」

その頃、守屋浩の『僕は泣いちっち』という歌が流行していた。語尾に「ちっち」をつけるのが、はやった。

「今度、レコード聞かせてっち」私たちはKにせがんだ。

「OK。承知っち」大仰に胸をたたいた。

次の休日に、私たちはKの寮を訪れた。彼はネジを造る工場で働いていた。男子寮の六畳ひと間を、先輩と二人で使っている。先輩は工場の野球部員で、休日は朝から練習に出かけている。私たち（Kを入れて四人）は気兼ねなく、レコードを鳴らして楽しんだ。

皆、それぞれ好みが異なる。お気に入りの歌手のものを、交代で何度も聞いた。Kは好きなだけあって、何十枚も収集していた。

「この間さあ」Kが思い出し笑いをしながら、言った。「先輩がさ、この橋幸夫の『潮来《いたこ》笠《がさ》』を聞いてさ」

（〽ここは関宿　大利根川へ）とレコードが鳴っている。

「お前、確か郷里は利根川の近くの潮来じゃなかったっけ？　とおれを見た。潮来でなく隣の村ですって答えたら、潮来のことはそれじゃ詳しいだろう？　って」

歌が終わった。Ｋが針を再びレコードにのせる。

（〽潮来の伊太郎　ちょっと見なれば）と最初から始まる。

「この伊太郎ってのは、どんな奴だ？　こいつの墓はやはり潮来にあるのか？　って真剣に聞くんだ。おれ、弱っちゃってさ」

架空の人物なのである。

（〽薄情そうな渡り鳥）

「渡り鳥っていうくらいだから、全国を歩き回っている旅人さんですよ。どこに墓があるか、わからないんじゃないですか、って答えたんだけどさ」

私たちは爆笑した。興が募って、レコードに合わせて歌いだした。他の部屋の者から、うるさいぞ、とたしなめられた。

けれども、歌いたくてたまらない。仕方がないので、歌に合わせて、声を出さずに、口だけを動かした。互いに顔を見ながら、やると面白い。私たちはこれを「口パクパク」と称し、以後、Ｋの部屋で「声無き合唱」を楽しんだ。レコードの音だけだと、誰も文句を言わない。隣人たちも、むしろ耳を傾けているようだった。

『東京ドドンパ娘』『北上夜曲』『銀座の恋の物語』……あの頃の、ヒット曲だ。

Kが作業中に、左腕と両脚を骨折して入院した。私は仲間を誘って、見舞いに行った。

Kはベッドに寝たきりだったが、案外、元気だった。レコードが聞けないのが辛い、とこぼした。

「おい、あれをやろちっち」と口をパクパクさせた。

「何を歌う?」

「あれさ」と視線を天井に向ける。

「承知っち」

私たちは、一、二の三、で、声を出さないで歌いだした。坂本九ちゃんの、『上を向いて歩こう』である。

一ヵ月後、Kは退院した。元気に歩きだした。

今でも、ふと、あの時の情景を思いだす。「口パクパク」の合唱を。『上を向いて歩こう』の、無言の合唱を。いつのまにか、あの時のように、口をパクパクさせて歌っている。

(〽思い出す　春の日　一人ぼっちの夜)

六〇年代の、あれが青春だった。

『Zekoo』二〇〇六年五月号

太鼓の音

「あの、トトロの家は、どの辺ですか?」

犬の散歩中に、今日も訊かれた。二人連れの、若い女性である。

「あそこです」指さして教えると、犬がそちらへ私を引っぱる。あわてて、引き戻す。

「でも、家は、今はありませんよ」

娘さんが驚いて聞き返す。私は事情を語った。今年(二〇〇九年)の二月に、焼失したのである。

強風が吹き荒れた夜中であった。私は風邪をこじらせて、突発性難聴を患っていた。だから音でなく、炎の照り返しで火事を知った。窓を開けると、太い火柱が夜空を突き、風にあおられて傾いたり、広がったりする。「トトロの家よ」カミさんが叫んだ。わが家からは少し離れているが、夜の火事は、ごくまぢかに迫って見える。カミさんが逃げ仕度を始めた。轟々と、燃えさかる音が凄まじい、とおびえている。私には、せせらぎのような音しか聞こえない。実際は大音響なのだ、と思ったら、急にドオーンと恐怖が襲ってきた。

アニメ作家の宮崎駿《はやお》が、自作『となりのトトロ』で描いた森のぬしの、トトロの住みそうな家、と紹介した古い赤瓦屋根の家であった。杉並区が買い取って、公園にする計画を進めていた矢先に、不審火で全焼したのである。発見が早かったので延焼は免れた。

庭だけが残った。草木もあらかた焼けたので、トトロの家、のイメージは全く無い。

「どんな家でしたか?」と二人連れの女性に訊かれたけれど、「古くさい山荘のような」としか答えられなかった。正直言って、よく覚えていないのである。犬の散歩で、しょっちゅう家の前を通っていたのに。垣根のバラの花だけは鮮明に覚えている。バラのにおいを嗅ごうとした犬がトゲに触れて悲鳴を上げたことがあったのだ。

難聴は一向によくならない。時間がかかりますよ、とドクターに因果を含められていた。ある日、急に耳の奥で、和太鼓が鳴りだした。遠くで、間を置いて、鳴る。この音は昔、聞いた覚えがある。そう思いながら耳をすましていると、カミさんが笑いだした。少年がコンクリート塀に、サッカーボールを投げつけている音だ、と言う。二階の窓から見下すと、その通りだった。少年が無心にほうっている。しかし実相を知っても、私の耳の奥の太鼓の音色は変らない。

しばらく考えていて、思いだした。四十数年前、私が通っていた剣道道場の太鼓である。

道場は、町工場や倉庫に囲まれてあった。むろん、民家もある。先生は北辰一刀流の六代目をつぐ、柳沼鉄水《やぎぬまてつすい》といった。道場は年中開放されていて、門人は出入り自由である。自分の都合のよい時間に稽古に行く。誰かしらが来ていた。勤め人が多かったから、無人とすれば平日の昼間くらいだったろう。

私は早朝四時に出かけた。Kさんという私より四つ下の者が、一人で居合を稽古していた。静坐の姿勢から抜刀して相手を斬る技である。騒々しい剣道の稽古が始まる前に、気を凝らして行う。無言で音をさせずに演じる。私もKさんの指導で習っていた。反射神経のにぶい私でも、練習を重ねると様になる。何より、気分がよい。座禅を組むのと同じだろうと思う。

一時間ほど専心した頃、Kさんが、「ひと息入れようや」と声をかけた。「戸外の空気を吸おう」と天井を示した。屋上に出よう、というのである。Kさんは道場に寝起きしていた。朝、玄関の錠を開け、夜、門人たちが退出するのをみはからい、鍵をかける。寒稽古などの世話をしたり、先生の使い走りをしていた。

Kさんは屋上の端にある望楼のような建物を示した。あの上に行く、と言う。一人しか上れない幅の狭い梯子段が続いている。望楼でなく、太鼓櫓《やぐら》であった。大きな太鼓が据えてあった。

「昔は毎朝これを鳴らした。午前五時ちょうどだった」Kさんが笑った。

「今は?」「むろん、中止さ。近所から苦情がくる」「昔は許されていたのに、残念だなあ。鳴らしたいですね。思いっきり」

いい音が出るに違いない。私は太鼓の皮を撫でた。軽くこぶしで叩くと、ぶるぶるとふるえた。

「寒稽古の時くらいは、お許しが出ませんかね？　Kさん、先生に頼んで下さいよ」「そうだな。酒でご機嫌の折、話してみるか」

柳沼先生は酒豪であった。朝稽古が終ると、大抵、門下生に一杯ふるまわれた。これはご自分が飲みたかったからだろう。飲み助は、飲む相手がほしいのである。先生は酒興至るや、よく昔の話を披露した。

横綱常陸山の弟さん（名は忘れた）は剣客で、先生は水戸で修業したのち、この人について北辰一刀流を学んだという。師は日に三升をたしなむ酒好きで、朝、三合入りの大コップで三杯軽く飲む。柳沼先生はこれを見て唾を飲み込む。すると師が、「お前、のどが渇いているか？」と訊く。ハイ、と答えると、夫人に命じて三合入りの大コップを持ってこさせる。何杯干しても文句を言わないが、コップに酒がある限り、絶対に下に置くことを許さなかった。これが酒の作法だと言われた。こんな話を楽しそうに語られた。

柳沼先生、すでに亡い。道場も無い。ついに太鼓の音を耳にすることなく終った。先生の昔話は、記録されているのだろうか。あの時、あの場で聞いた者の記憶に残っているだけだろうか。記憶している私だって、いつか消える。太鼓の音色を知る者は、いなくなる。

『群像』二〇〇九年十一月号

八重洲の恋の物語

東京に住んでいて、東京駅くらい利用する駅は他にないのに、不思議に八重洲口には縁が無い。もっぱら、丸の内口を使う。

東京に出てきたばかりの頃、私は八重洲口の存在を知らなかった。東京駅には丸の内口しか無いと思っていた。

上京して住んだ所が中央区月島である。中学を卒業したばかりの私が、東京で最もあこがれた場所が、銀座でも日本橋でもなく、皇居前広場であり、東京中央郵便局であった。前者は、雑誌の新年号の口絵で見る二重橋で、どういうわけか、日本人なら必ず見ておくべきものと思い込んでいた。

後者は単純な理由である。中学時代に私は切手収集に夢中になり、その趣味は上京後も続いていた。東京中央郵便局に行けば、三、四年前に買い逃した記念切手が額面で買える。田舎の切手少年にとって、そこは夢の場所といってよい。

月島から東京駅ゆきの都バスに乗ると、終点が丸の内南口で、降りた右手が、東京中央郵便局なのである。切手を買って東京駅を背に、まっすぐ歩けば、目の前が皇居外苑である。私は馬場先門から外苑に入り、楠公像を眺め、二重橋を拝み、それから日比谷公園に向う。日比谷図書館（現、千代田区立日比谷図書文化館）で本を読み、夕方、映画街に足をのばす。ここはロードショー館ばかりで、小遣いの少ない小僧には敷居が高い。華やかな看板だけ楽しみ、銀座の方に歩く。名画専門の並木座か、三原橋地下の二本立て館に入るのである。

これが上京してまもない時分の、私の休日コースであった。

月に一度の休日は、ほぼこれの繰り返しである。雨天に皇居外苑を省略するくらいが、変化といってよい。要するに、月島からのバス路線が、乗り換えなしで丸の内口に通じていたから、これを利用していたのであって、八重洲口に向う直行便があったなら、たまにはそちらを使っただろうと思う。

東京駅には八重洲口もある、と知ったのは、上京して三年くらいもたってからである。私には年の離れた兄がおり、製靴会社に勤めていた。その兄がどういういきさつか関知しないが、東京駅八重洲地下街の履き物の店を仕切るようになった。

ある日兄から連絡があり、私に店に立ち寄るようにとのことだった。私は休日を待ちかねて、指定された時間に出かけていった。

ところが初めての場所であり、兄のいる店が見つからない。八重洲地下街と聞いたけれど、名店街の聞き違いでなかったか、とうろうろした。その辺で尋ねればよいのに、田舎者とみくびられやしないか、と妙に気を回し、臆してしまって、ただ、右往左往するばかりである。

だいぶ時間に遅れてしまった。兄は待ちくたびれて、よそに出かけた、と私より三つか四つ年上の美人の店員が告げた。

「古本屋さんで働いているんですって？」と頬笑みながら話しかけてきた。歯切れのよい東京弁である。

「ええ」答えながら、どぎまぎした。

「切手を集めているんですって？」

「え？　ええ」私は、いよいよ、うろたえた。

兄貴は一体この娘に、何をどこまで語ったのだろう？

「今度、私も集めておいてあげますね」娘が無邪気に言った。

「父が書道の通信教授をしているので、毎日、郵便がまとめて配達されるのです。たちまち、切手、集まりますよ」

そういう切手を収集しているのではないのだが、説明するのは悪い気がして、「そうですか」とだけ答えた。

「来月、来る？」と訊く。

「さあ？」

「いらっしゃいよ。また、会いましょう。ね？」

これはデートの誘いであろうか？　何しろ相手は、飛び切りの美人である。

「来ます。必ず」私は力強く答えた。

店を出てから、急に足がふるえだした。顔がまっ赤になった。

私は、からかわれたのに違いない。こちらが田舎者なので、退屈しのぎの相手にされたのだ。きっと、そうだ。まに受けて、のこのこと顔を出したなら、笑われるに決まっている。

翌月、私は行かなかった。兄から再度の呼び出しがあったけど、口実を設けて断った。兄の用事というのは別になくて、私と食事がしたかっただけのようだったからである。

私はいつものように、東京中央郵便局に行き、記念切手を物色していた。もしかしたら、あの娘がその辺に居て、私を見張っているのではないか、と思い、辺りを見回したけれど、それらしき姿はなかった。いるはずがない。私は自分の思い込みを、あざ笑った。

私の感覚では、娘の働いている八重洲地下街は、ここからずっとずっと遠くであって、中央郵便局などに現れるわけがないのである。駅の向う側なのに。

娘との恋が成就していたなら、私のこのエッセイは、当然、八重洲地下街が舞台であって、昭和三十年代の雰囲気を伝えられるのであるが、恋どころか、ただ、切手の話を交わしたのみ、色気のないやりとりで終わったので、正しくは丸の内口の思い出というべきであろう。それでも八重洲が登場するのは確かなので、にぎやかしに（あるいは、ご愛嬌に）どこやらで聞いたようなタイトルにした。

『八重洲のおはなし』金井書店　二〇〇七年八月

完済日の隠元

どんな商売でも、開業に当たっては少なからぬ資金が必要である。それはわかっていたのだが、小さな店舗で安物の商品を、恥ずかしくない程度の数量を並べるなら、手持ちの貯金で十分だろう、と高を括っていたところが、まず、商人失格というものであった。私は十三年も古書店に勤めながら、一体、何を勉強していたのだろう。

独立出店の計画を主人に話したら、どんな本を書棚に詰める？　と聞かれた。最初は百円から五百円均一の本だけで店を埋めます、安さで客を呼びます、と胸を張って答えた。ひと月の売上げ予想は？　と問われ、十万円です、これだけあれば家賃、生活費を差し引いても、一人で何とかやっていけます、と更に胸を張った。

昭和四十七年、私は二十八歳で独身であった。主人が、仕入れ代はどうする？　と言った。はっと気づいて、頭をかいた。売上げからそれを捻出せねば商売は維持できない。馬鹿な男であった。

主人が保証人になってくれ、信用金庫から運転資金を借りられた。私は毎月決まった日に、決められた金額を返済した。三年、たった。

予想の売上げに届かない月が続いた。遂に、にっちもさっちもいかなくなった。主人に泣きつくわけにいかない。小僧時代の私に目をかけてくれ、何かと励ましてくれた会社重役のAさんに窮状を訴えた。

信用金庫の借金も減り、月々の返済金も小さくなった。そのため気持ちに弛みが出たようだ。初心に還り、新規蒔き直しを図りたい。商品の質を高めて売上げを伸ばすつもりだ。そう述べてAさんに融通をお願いした。Aさんは一つだけ条件を出した。他でもない、私が信用金庫に返済している証拠を見せよ、ということだった。私は書類を示した。Aさんは丹念に返済記録を目で追っていった。

希望の額を快く貸して下さった。私は毎月きちんと、約束した額をAさんの口座に振り込んだ。三年で完済の契約である。

二年ほど経過した頃、どうしても振り込み日に間に合わないことができた。私はAさんに電話して猶予を乞うた。明日になれば確実に払える。Aさんがいつものように穏やかな口調で、ゆっくりと言った。

「明日できるなら、今日だってできるだろう？　そうじゃないかね。第一、今日はまだ終わっていないよ」

「はい」私は粛然とした。ただちに金策に走りまわり、何とかAさんへの返済分をかき集め、銀行は閉まっていたので、電車で直接届けた。Aさんは留守で、夫人が受け取ってくれた。あるいは在宅だったのかもしれない。そう考えると、面会謝絶はAさんの怒りに違いなかった。私は再び粛然とした。以後、一度の遅滞なく返済に努めた。

最後のお金は、菓子折を調えて持参した。Aさんが、よくがんばったね、と笑顔で労って下さった。そして一献、勧めて下さる。奥さまと社会人になられたばかりの娘さんが、精進揚げを揚げ、次々と運んでこられた。家庭菜園で採られたというドジョウ隠元が、柔らかくておいしかった。そう言って舌鼓を打つと、「あら？　それじゃどんどん揚げるわ」と奥さまが張り切られた。

「食べ切れなくて弱っているのよ。豆って、たくさんできるものだから」

「私、摘んでくるね」娘さんが外に出て行った。裏口から出た所に菜園があるという。

Aさんは借金のことには一切触れなかった。いとま乞いした時、ひとこと、「早く銀行から借りられるようになりなさいよ。個人だと、頭が上がらなくなる」とだけ言った。娘さんが精進揚げをみやげに下さった。紙包みは持つと、まだ熱かった。「採れたて、揚げたてのホヤホヤよ」と笑った。

白状すると私は娘さんに、ひそかに恋情を抱いていたのである。しかし、それは発展しなかった。私に引け目があったからである。Aさんの言う通り、借金は頭が上がらなくなる。私は身を以て思い知った。

『あんしん Life』二〇〇八年九月号

新婚の宿

私ども夫婦には、子どもがいない。子どもがわりに、犬を飼っている。この子は、一人で留守番ができない。臆病で、甘ったれなのである。私どもの姿が見えないと、啼き叫ぶ。近所迷惑だから、必ずどちらかがそばに付いていてやる。

そんなわけで、夫婦で旅行することができない。犬と泊まれるホテルがあちこちにあるけれど、私どもは車の運転ができないし、何より犬が乗り物に弱い。電車に酔うし、自転車でさえ、おかしくなる。

「二人で旅した回数だけど？」カミさんに訊《き》く。

「母が生きている頃、一泊で鹿児島に出かけたくらいかしら。ああ、北海道の美瑛《びえい》がある。そうそう、高知もあった」

「三回くらいか」

「あと、新婚旅行ですね」

「あれは、一泊？」

「二泊でしたね。二泊三日」

「まあ、旅行というなら、この節は最低二泊しないと、旅行といえないだろうなあ。するとおれたちは結婚してから、たった一度しか、旅行をしていないのか」

「そうですよ。ええと、今年（二〇〇六年）で二十八年になりますけど、旅行らしいものは一回こっきり」

「ハネムーンか。あれも果たして旅行といえるかどうか」

というのも、のんびりゆったり、かつ、浮き浮きとしたそれでは、無かったからである。貧しくて、ハネムーンどころではなかった。しかし、それでは結婚の喜びも半分にすぎない、結婚式よりもハネムーンの方が一生の思い出になるのだから、と友人たちが是非行けと勧め、旅行費用をカンパしてくれた。

「いいか。この金は、第一子誕生祝いの金だ。前もって贈るんだ。だから遠慮しないで受け取れ。そのかわり、実際に誕生した時は何もやらない。お返しだけ、くれ」

友人を代表して、Aがのし袋を差し出した。袋の上書きに、「子づくり料」とあった。Aがニヤリ、と笑った。私どもは、ありがたくちょうだいした。

結婚したのは、昭和五十二年十二月八日である。翌日、伊豆に立った。友人たちのカンパと手持ちの金を合わせると、せいぜい、伊豆で二泊がいいところであった。旅館も一番安い部屋を予約し、切り詰められるものは、ケチケチと詰めた。

最初の泊まりは、七滝《ななだる》温泉であった。部屋に入ると私たちは、ただちに所持金の計算を始めた。金勘定をせずにいられない。不安で不安でたまらないのである。

こたつの温度は適当ですか、温泉はお入りですか、夕食の献立で是非にと所望なさる物がありますか、と女中さんが、やたら顔を出す。出すたび、違う顔である。私たちはチップをやるべきかどうか、小声で顔を寄せ合い相談した。チップを出すとしたら、いくら包むか。それにしても、こう何人もにチップを出すと、明日のバス代にも障る。ああでもない、こうでもない、と金勘定をやり直す。

あとで笑い話になったが、女中さんたちが何度も現れたのは、私たちの深刻な様子から、心中者でないか、と疑われたのである。確かめに、また、見張りに来ていたのだった。新婚者と思われなかった点が、何だか悲しい。

カミさんが、「あら?」と紙片を広げた。

旅立ちを駅で見送ってくれた友人たちが、それぞれ、菓子や飲み物などを餞別《せんべつ》にくれた。Bがカミさんに封筒を渡した。その封を切ってみたら、何やら書きつけた一枚の紙片が入っていたのである。Bは同人雑誌の仲間で、泉鏡花に心酔し、鏡花ばりの文章をつづる文学青年であった。

「なに、これ、歌かしら?」カミさんが私に見せた。「わたしゃあなたのソバがよい」とある。どうやら、これがタイトルらしい。次に、こうある。

「嬉し恥ずかし／目と目で交わし／(アラ、新婚さんね)宵にゃお互い身を粉にし／こねて伸ばして麺棒(君の棒でも可)で叩き／(アラ、乱暴ね)ゆでて強腰／みそかソバ／

（ドッチもドッチも）明けりゃめでたく／ソバガキだ」

「どういう意味？」カミさんが首をかしげる。

「ソバガキって？」

「ソラ、子どもだ、という洒落だろう。つまり、ソバ尽くしの歌だ」

「なぜソバなの？」

「別に意味はなさそうだ。大みそかに年越しソバを祝う。それを詠んだのさ」

「君の棒って、何のこと？」

「うん、まあ、ね」

柄になく、たじたじとなる。

つまり、Bは、こんな私たちを想像し、からかったのであろう。

このたびの旅行で、私はBにカメラを借りていた。当時はカメラが高価な頃であった。天城峠の途中でバスを下り、谷川沿いにぶらぶらと歩いて七滝温泉に向かう。これが私たちの決めたコースであった。なるべく金を遣うまいと、歩けるところは歩いたのである。浄蓮《じょうれん》の滝をバックに、カミさんと交互に写真を撮っていたら、「シャッターを切ってやるよ」といきなり声をかけられた。

長髪の、若者であった。私が手にしたカメラに、長い腕を伸ばしてきた。私はあわてて、よけた。奪われると思ったのである。私の持ち物ではない。私は血相を変えていたに違いない。

若者が苦笑し、「奪《と》りやしねえよ」と言った。そして、さっさと離れていった。

「善意だったのに、悪いわ」カミさんが申しわけながる。「せっかく、二人一緒の写真が撮ってもらえたのに」

「この先、誰かに頼むさ」

しかし、頼めるような人に、ついに出会わなかった。旅館のかたにお願いすればよかったのに、例のチップが頭から離れず、遠慮でなく声がかけられなかったのである。

Bのカメラでは、もう一つ思い出がある。妙な思い出である。

七滝温泉に泊まった晩、さあ、そろそろ休むか、と二人で床に入った。今宵が、初夜ということになる。

さきほど読んだBの妙な歌を思いだした。「嬉し恥ずかし／目と目で交わし／（アラ、新婚さんね）……」

私は、落ち着かなくなった。起き上がる。「どうしたんです？」カミさんが驚いて、訊く。

「いや、誰かがそこに居るような気がして」

「おどかさないで」

布団にもぐる。しんしんと、冷えている。

しかし、やっぱり、どうも気にかかる。誰かに見られているような、そんな気がする。

「さっきの紙、どこに置いた？」

「紙って?」

「Bの歌さ」

「カバンにしまいましたけど。何ですか?」

「いや」

部屋の電気をつけて見回したら、床の間に私たちの荷物が置いてある。カバンの横に、Bのカメラがある。ケースから取りだして、むきだしのまま、レンズがこちらに向いている。寝る前まで、部屋や、部屋から見た中庭などを撮影していたのである。温泉に入る以外に、楽しむものが無い。写真を撮るしか、することが無い。

私は這って床の間に行き、カメラを手にするや、何気なくカミさんにレンズを向けた。

「いやよ」

カミさんが普段にない声を発し、布団をかぶった。

私はシャッターを切るつもりはなかった。そのままケースに収め、カバンの奥深くに忍ばせた。何だかホッとした。

布団に横になりながら、フフ、とひとり笑いが出た。Bのやつ。そんな言葉が出た。第一子誕生祝いをくれた友人たちに、私はまだお返しをしていない。「明けりゃめでたく/ソバガキだ」のソバガキに恵まれなかったからである。

「なあに、まだ、わからないよ」Bがカミさんに慰めごとを言う。「いつか、きっと、忘れたころに、ひょっくりとね」

でも、もう二十八年にもなるのである。カミさんの年齢も、母親の限りを過ぎた。

Bが真面目な顔で言うのである。

「あれはおれのおまじないだったんだがね」

「何の話？」

「おれの歌だよ。新婚の夫婦に、あの歌をこれまで何枚も進呈した。みんな、かわいい二世が生まれた。お前、もしかすると、読まなかったんじゃないのか、おれの歌」

「読んだよ。二度読んだ」

「カミさんと一緒に読んだか？」

「読んだ」

「声に出して読んだか？」

「節をつけて読み上げたよ。朗々と」

「変だな」

Bが首をかしげる。

『旅行読売』二〇〇六年一月号

エッセイのつもりで

古本屋を開業したが、てんで売れない。地の利を得なかったのである。そこで、通信販売に切り換えた。手書きコピーの在庫目録を隔月ごとに発行し、二百名ほどの客に送りつけた。

編集後記がわりに、「店番日記」風のエッセイを、毎号載せた。商品は売れなかったが、エッセイの方が評判になった。

高沢皓司《たかざわこうじ》さんという店の常連が、どしどし書きなさい、溜《たま》ったら本にしてあげます、とおだてる。おだてに乗ったら、本当に本にしてくれた。一九八五年十一月に、新泉社から発行された『古本綺譚』（その後、中公文庫、平凡社ライブラリーでも刊行）である。

高沢さんが、この本はきっと注目を集める、と予言した。いいですか、内容はすべて実話だと吹聴するのですよ。小説と思われたら売れませんからね、と釘を刺した。私は、はい、とうなずいた。

まもなく、中央公論社のKさんが現われ、あの本は小説じゃありませんか？　と訊いた。いいえ、エッセイ集です、と答えたら、では小説を書いてみませんか、と勧める。

古本屋店番日記風の小説でよろしい、と言う。私は喜んで承諾した。一編仕上げるごとに、Kさんに届けた。大変、結構です。この調子でどしどし進めて下さい、とえらくほめてくれる。あと何編かできると一冊の分量に達します、もう少しですよ、がんばれ、と激励してくれた。

一年かかって、一冊分の枚数に達した（短編を数十編作った）。しばらくKさんから音沙汰が無かった。私は恐る恐る問い合わせた。

Kさんから、どさりと原稿が返送されてきた。いずれの原稿も付箋だらけである。付箋の箇所には？が記されていた。ここを再考なされるとスッキリする気がします、と添えられた手紙にあった。私は納得し、早速改訂作業を始めた。

そして、何度、Kさんと原稿のやりとりを交わしたろう。一編を、ちぢめたり伸ばしたり、全く作り換えたり元に戻したり、五十枚の短編に五、六百枚を費やした。一向に合格点をもらえなかった。

私は高沢さんに愚痴をこぼした。小説を書こうとするから大変なんだよ、と高沢さんが笑った。エッセイのつもりで書けば？　『古本綺譚』の伝でいけばよい、と言う。私はその一言で気が楽になった。小説に捉《とら》われ、小説の言葉を遣わねば、と一途に思い詰めていたのだった。

ようやくようやくKさんの御意に適い、一冊にまとめていただいた。第一創作集『猫の縁談』である。四年、かかった。苦労したわりには、丸で反響がなかった。「ほおら、小説は売れないだろう？」と高沢さんが笑った。

ずいぶんたって、講談社のHさんが訪れ、長編に挑戦してみませんか？　とけしかけた。そして二年かかって私は『佃島ふたり書房』を書きあげた。これで賞をもらった。

高沢さんはのちに『宿命―「よど号」亡命者たちの秘密工作―』（新潮社）という本を著した。実話だか小説だか、にわかに判断しかねる驚天動地の労作で、講談社ノンフィクション賞を受賞した。

『小説新潮』二〇〇七年十二月号

本と猫なら漱石だろう

あとがきに代えて

本があって猫がいる。

つい先頃までは、これは当り前のことであった。

いつのまにか、猫はいるけれど本が無い家庭が目立つようになった。電子書籍の時代である。電子書籍は、あれは本というまい。もっとも、やがては猫も、生身の猫は飼うのが厄介だからという今時の理由で、ロボット猫を置くようになるかも知れない。ロボット猫を猫と呼ぶかどうか。

いずれにせよ、昨今、家具の中でめっきり注文が減ったのは書棚だそうである。本を持たない人が増えている証拠だろう。

本書でも記したが（29ページ）、司馬遼太郎記念館は、書物を見せる記念館である。司馬遼太郎氏は読書家であって、決して蔵書家ではないのだが、それでも遺された書物の数たるや並大抵でない。その一部が記念館に展示されているわけだが、普通の人はあまりの多さに肝をつぶすことだろう。恐怖を覚えるほど、と言って言い過ぎでない。今は人は本の数量で驚いているけれど、近い将来、本そのものを珍しく思い、記念館に見に駆けつけるようになるだろう。司馬遼太郎記念館は、「紙の本」の博物館として珍重されるのではないか、と思う。

記念館といえば、二〇一七年に、東京都新宿区立（仮称）「漱石山房」記念館が開館する予定である。夏目漱石の記念館が、都内にこれまで無かったのが不思議だった。新宿は漱石の生誕地であり、傑作名作を生みだし、そして命終《みようじゆう》を迎えた最もゆかりのある土地なのである。「漱石山房」と称された書斎が復原されるという。蔵書は、どうするのだろう？

漱石の蔵書は、和書洋書ともに、現在、東北大学附属図書館に「漱石文庫」として保管されている。これらを複製し、書棚に並べるのだろうか？　あるいは写真パネルを壁に貼ってすませるのだろうか？　同じ本を収集する、といっても、むずかしいだろう。古書店でも見つかるまい。

漱石蔵書の和書の中には、おや？　と思うような本がいくつかある。

たとえば、『安重根《アンジュングン》事件公判速記録』という満洲日日新聞社が明治四十三年に刊行した本がある。

漱石は旧友の勧めで前年の九月二日から十月十七日まで、満洲と朝鮮を旅行している。その紀行は、『満韓ところ〴〵』のタイトルで東京朝日新聞の同年十月二十一日（大阪朝日は二十二日）から、十二月三十日（同・二十九日）まで連載された。この紀行文は、完結していない。尻切れトンボで終っている。

中断の理由は、伊藤博文暗殺といわれている。漱石が旅を終えた九日後に、漱石も立ったハルビン駅のプラットフォームで伊藤は安重根に狙撃され倒れた。大事件である。連日、博文の記事が大きく出る。そこに漱石の文章が載る。書きにくくなったのだろう。新年を迎えるのを口実に、筆を断ってしまった。事件にはよほどの関心を寄せていたらしい。満洲在留の旧友に頼んで、『安重根事件公判速記録』を送ってもらったのではあるまいか。

かと思えば、三宅恒方《つねかた》の『柿ノ品種ニ関スル調査』（明治四十五年刊）という本が蔵書目録にある。

漱石が柿に興味を持っていた？

妙ではない。

明治二十九年四月、漱石は松山中学から熊本の第五高等学校に赴任した。上熊本駅に出迎えた友人の菅虎雄《すがとらお》と人力車で菅宅に向った。途中、古本屋に寄った（たぶん菅に教えられたのだろう）。舒文堂《じょぶんどう》河島書店といい、現在も同じ場所で盛業中である。

当時の店主は河島又次郎《またじろう》といい、いっぷう変ったご仁で、この時代にまだチョンマゲを結っていた。西洋の文明を嫌い、店はワラ屋根でランプをともしていた。隣近所の商家は皆、瓦葺きだから、大層目立った。

又次郎は漱石の『吾輩は猫である』に、迷亭《めいてい》の伯父として描かれている。静岡からチョンマゲにフロックコート姿、鉄扇を持って上京し、迷亭と共に苦沙弥《くしゃみ》宅に現われ、苦沙弥を驚ろかせている。

実際の又次郎も外出時は鉄扇を携帯し、電線の下をくぐる時は、鉄扇で頭上をおおい、走り抜けたという。

河島書店は和書の新刊と古書を扱っていた。漱石は気に入ってひいきにした。河島書店で購入した本が、「漱石文庫」に収められていることは、茨城大学名誉教授の佐々木靖章《ささきやすあき》氏の調査で判明した。

本には、「熊本　上通二丁目　書舗　川口屋又次郎」「熊本市上通二丁目　河嶋書店」の朱印が押されている。川口屋は舒文堂の以前の屋号で、朱印は又次郎が「珍本」と認めた本にのみ押した。この印章は現在も河島書店に保管されている。

佐々木氏の調査によれば、松尾芭蕉の供養塔を記録した本や、雨森芳洲《あめのもりほうしゅう》の随想など和漢書百十八冊が、河島書店で購入した本と見られるという。

河島書店の裏庭に、江戸時代からのものという柿の古木があり、毎年、大粒の実をつけた。渋柿なのだが、色づくにつれ甘柿に変わる。柿の名称を、小春という。恐らく、十一月の小春日和《びより》の頃に食べ頃になるから、そう呼ばれたのだろう。すこぶる大粒の、おいしい柿である。

又次郎と懇意になった漱石は、この小春をごちそうになったと思う。柿好きの親友、正岡子規にも、主人に言って送らせたかも知れない。

小春は現存し、今でも毎年、枝もたわわに実をつける。

筆者は昨年、熊本市の有志に依頼されて、「庭に一本《ひともと》なつめの金ちゃん」という一幕二場の戯曲を書いた。漱石の本名は夏目金之助といい、幼少時は金ちゃんと呼ばれていた。日露戦争で勝利した第三軍司令官、乃木希典《まれすけ》将軍と、降伏したロシア軍の司令官ステッセルが、中国旅順（現・大連市旅順口区）で会見した。それをたたえた「水師営《すいしえい》の会見」という歌が、一世を風靡《ふうび》した。佐佐木信綱作詞の二番の冒頭の一節が、「庭に一本棗《なつめ》の木」である。これに掛けた全くの駄洒落だが、乃木将軍と漱石は、まるきり無関係ではない。乃木の自決に大きなショックを受けているし、自分が死んだら解剖するように、と夫人に申しつけている。乃木の遺書に、遺体は医学生に役立てたいため提供とあり、漱石はこれに共鳴したのである。

蔵書目録に、『乃木将軍写真帖』という一冊が入っている。

私の戯曲は、漱石と河島又次郎の交遊を、小春という柿を通して描いたものである。漱石の蔵書に『柿ノ品種ニ関スル調査』という本を見つけたことで、想像が広がったのであった。

本があって猫がいる。

されば、漱石の書斎には、『吾輩は猫である』のモデルの猫がいなくてはなるまい。

二〇一四年八月四日

出久根達郎

著者について

出久根達郎（でくね・たつろう）

一九四四年、茨城県生まれ。作家。七三年より古書店「芳雅堂」（現在は閉店）を営むかたわら文筆活動を行う。九二年『本のお口よごしですが』（講談社）で講談社エッセイ賞を、翌年『佃島ふたり書房』（講談社）で直木賞を受賞。他に『隅っこの四季』（岩波書店）、『作家の値段』（講談社）、『七つの顔の漱石』（晶文社）、『雑誌倶楽部』（実業之日本社）、『短篇集 半分コ』（三月書房）等多数。

本《ほん》があって猫《ねこ》がいる

二〇一四年九月三〇日初版

著者　出久根達郎

発行者　株式会社晶文社

東京都千代田区神田神保町一－一一

電話（〇三）三五一八－四九四〇（代表）・四九四二（編集）

URL http://www.shobunsha.co.jp

編集協力　風日舎

印刷・製本　モリモト印刷株式会社

ISBN978-4-7949-6856-2　Printed in Japan